中华
魂
ZHONGHUA HUN

百部爱国故事丛书

虎将兴关外　抗倭统雄师

——抗联英雄赵尚志

解永跃　赵　乾　编著

吉林人民出版社

图书在版编目（CIP）数据

虎将兴关外 抗倭统雄师：抗联英雄赵尚志 / 解永
跃，赵乾编著 . -- 长春：吉林人民出版社，2011.3（2021.8 重印）
（中华魂·百部爱国故事丛书）
ISBN 978-7-206-07516-2

Ⅰ . ①虎… Ⅱ . ①解… ②赵… Ⅲ . ①故事－中国－
当代 Ⅳ . ① I247.8

中国版本图书馆 CIP 数据核字 (2011) 第 032580 号

虎将兴关外 抗倭统雄师
——抗联英雄赵尚志
HUJIANG XING GUANWAI KANGWO TONG XIONGSHI
——KANGLIAN YINGXIONG ZHAOSHANGZHI

编 著：解永跃 赵 乾
责任编辑：关亦淳 封面设计：孙浩瀚
制 作：吉林人民出版社图文设计印务中心
吉林人民出版社出版 发行（长春市人民大街7548号 邮政编码：130022）
印 刷：北京一鑫印务有限责任公司
开 本：787mm×1092mm 1/16
印 张：8 字 数：64千字
标准书号：ISBN 978-7-206-07516-2
版 次：2011年3月第1版 印 次：2021年8月第2次印刷
定 价：35.00元

如发现印装质量问题，影响阅读，请与出版社联系调换。

总　序

　　《中华魂》是一套故事丛书。它汇集了我国自鸦片战争以来一百八十余年间的近百位民族英雄、仁人志士、革命领袖、先进模范人物的生动感人事迹，表现了他们作为中华儿女的伟大的爱国主义精神。

　　爱国主义是人们对于"生于斯、长于斯、衣食于斯"的祖国的一种神圣感情，是人们对于自己民族的一种强烈的责任感和使命感，是感召和激励整个中华民族的一面永不褪色的旗帜。在一百多年的中国近现代史上，爱国主义一直激励着中华儿女为祖国的独立、统一、进步和繁荣而英勇奋斗。从"苟利国家生死以，岂因祸福避趋之"的林则徐，到"我自横刀向天笑，去留肝胆两昆仑"的谭嗣同;从"铁肩担道义,妙手著文章"的李大钊,到"青春换得江山壮,碧血染将天地红"的赵一曼;从"县委书记的好榜样"的焦裕禄,到"问鼎长天,扬我国威"的邓稼先……都表现出了强烈的爱国主义精神。正是由于热爱祖国的人们前仆后继地奋斗,国家和民族才得以生存,才能够在一次次历史危急关头转危为安,走向兴盛和富强,从而屹立于世界民族之林。爱国主义是鼓舞中华儿女历经忧患、跨越沧桑、百折不挠、自强不息的伟大力量,它贯穿于中华民族的整个历史,并有力地凝聚着五洲四海的中国人。

　　爱国主义是一个历史的范畴,在社会发展的不同阶段、不同时期有不同的具体内容。革命时期,需要我们为祖国的独立自主出生入死;建设时期,需要我们为祖国的繁荣富强增砖添瓦。在全国各族人民团结一心,开启全面建设社会主义现代化国家新征程的今天,我们要争做一名新时期的爱国者。新时期的爱国者要有强烈的民族自尊心、自豪感。民族自尊心、自豪感是任何时期、任何爱国者都必须具备的情感。民族自尊心能增强我们自立向上的恒心,民族自豪感能树立我们建设祖国的信心。要树立"祖国高于一切"的崇高信念,为了祖国和人民的利益不惜抛却个人的利益,甚至不惜牺牲个人的生命。我们要树立终身学习的理念,拓宽自己的知识面,广泛吸收新知识、新技术,完善自身的知识结构,更新学习知识的方法与理念,从思想上、知识上充分武装自己,为祖国的繁荣昌盛贡献力量。

　　爱国主义思想的继承和发扬,是关系到民族盛衰、国家兴亡的根本问题。爱国主义思想情操的形成,需要不断地培养。培养爱国主义精神的一个重要途径是向英雄人物和典范事迹学习和致敬。这套丛书的出版，对于青少年向英雄和先进人物学习，特别是对于在中小学生中进行爱国主义教育是不可多得的生动的教材。祝愿此书出版发行成功，为培养时代新人做出贡献。

胡维革

有名的义勇军领袖杨靖宇、赵尚志、李红光等等，他们都是共产党员，他们坚决抗日，艰苦奋斗的战绩，是人所共知的。

——毛泽东

目　录

中华魂 百部爱国故事丛书
ZHONGHUA HUN

1942 年 2 月 22 日凌晨，东北抗日联军一名将领率领一支小分队在冰天雪地里艰苦跋涉，去袭击敌人在我祖国边疆设立的一个据点——汤原县梧桐河警察所。突然，一颗罪恶的子弹从他背后穿透了他的腹部。他强忍剧痛回手击倒了混入小分队的那名敌特分子。这时，埋伏在周围的敌人一起包围过来。他命令身边战友携带文件迅速转移，而他留下来作掩护与敌人拼搏。但是，由于他伤势太重而昏迷过去。敌人把他拉到警察所进行审讯。在生命的最后时刻他仍然宁死不屈，同敌人进行了针锋相对的斗争。在日伪的一份报告中记载了他牺牲前的表现：受伤后约活八小时左右……审讯时，他对审讯他的警察说："你们不也是中国人吗？你们出卖了祖国。我死了没关系。我就要死了，还有什么可问的……"他狠狠地瞪着警察们，没有发出一声呻吟。他就是东北抗日联军的著名将领——民族英雄赵尚志。

发愤图强　寻求民族解放

1908年10月26日，在辽宁省朝阳县喇嘛沟村的一户农民家庭里出生了一个男孩，取名赵尚志。他1925年加入中国共产党，在北伐战争时期组织和从事反帝反军阀的革命活动。九一八事变后赵尚志被任命为中共满洲省委常委、军委书记。之后，赵尚志领导创建中共巴彦抗日游击队，并任北满珠河反日游击队队长。后任东北反日游击队哈东支队司令，东北人民革命军第三军军长，东北抗日联军第三军军长，北满抗联总司令，东北抗日联军总司令，东北抗联第二路军副总指挥。赵尚志的父亲是位乡村私塾先生，赵尚志6岁时跟父亲读私塾，帮母亲干点家务活，从小就养成了爱学习爱劳动的习惯。父母兄弟姐妹都很喜欢他。他为人刚直正派，关心民众的疾苦和国家民族的安危，其忧国忧民的思想对赵尚志等兄弟姐妹影响很深。

旧中国在帝国主义、封建主义和官僚资本主义"三座大山"的压迫下，人民处在水深火热之中。为了逃避官兵的搜捕，于1912年，赵尚志一家逃到哈尔滨谋生。而哈尔滨当时是个殖民地色彩十分浓厚的地方，素有东方小巴黎之称，其贫富悬殊、民族歧视、红灯

绿酒的花花世界，映照着民族的屈辱和民众的煎熬，这在赵尚志的思想中印下了深深的烙印。由于家庭生活困难，他不能继续读书了，与二哥等一同挑起帮助父亲养家糊口的重担。开始时他给一个白俄老板家当杂役。每天要起早贪黑地打扫卫生、劈柴扫院、看孩子，干做不完的杂活。脾气古怪的白俄老板惯于挑毛病，不时指手画脚操着生硬的中国话训斥说这也不对、那也不是，动不动就大发雷霆，吵骂一顿。为了挣得微薄的工钱，赵尚志只得忍气吞声。半年后，赵尚志实在难以忍受白俄老板的虐待，便离开了这个令他痛恨的殖民者的寓所。

1923年，父亲托人把15岁的赵尚志介绍到华俄道

胜银行哈尔滨分行道里支行当"信差"。他在道胜银行
工作一年多时间，从事着领取公文、书信、递送传票
的工作。由于工作的性质使他能更多地接触到殖民地
社会的各个方面。他从白俄奢侈豪华的生活与中国百
姓牛马不如的生活的强烈对比中，更深刻地感受到了
殖民主义的黑暗和不平。特别是当想到自己"信差"
的卑微身份常常遭人冷落、白眼时，他领略了作为一
个弱国国民的悲哀和痛苦，他内心对黑暗的现实充满
了强烈的愤恨。他仇恨侵略者，发愤寻求民族解放和
自身的解放。

　　1925年2月，他经过考试合格进入许公学校补习

哈尔滨华俄道胜银行旧址。

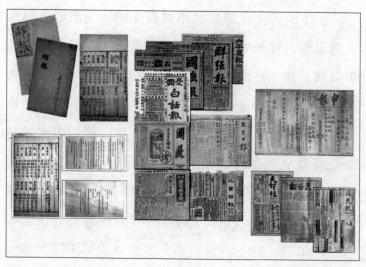

班。同年8月，又经考试合格，升入中学一班，成为
这所学校的第一期学生。入学后的赵尚志非常珍惜自
己努力争取的学习机会。虽然他放弃了有收入的职业，
增加了家庭的负担，但是这并未影响他的求学、进取
之心。在许公中学，他是一名穷学生，也是一名好学
生，同学们都佩服他。

　　1925年3月12日，伟大的革命先行者孙中山先生
在北京病逝。29日，由中共党员参与组织的哈尔滨14
个群众团体参加的孙中山先生追悼大会在基督教青年
会举行。会后，《平民周报》发表纪念孙中山先生追悼
大会专刊，广泛宣传孙中山先生一生为革命而奋斗的
历史。纪念孙中山先生逝世的活动在社会上产生了很
大的影响，也使他受到很大的鼓舞。

虎将兴关外　抗倭统雄师

　　孙中山先生忧国忧民不懈奋斗的一生激励了赵尚志的思想，他开始注意关心时事政治了，经常阅读进步书刊，和一些同学就社会热点问题展开辩论，成为班级中的活跃分子。后来结识了中共哈尔滨党组织负责人吴丽石和负责青年工作的彭守朴，通过多次接触使他懂得了更多的革命道理，他开始重新审视人生，审视社会，从此找到并走上了革命的道路。

　　1925年5月，反帝反封建的"五卅运动"在上海爆发。30日，在上海南京路上鲜血酿成的大惨案震惊中外。由此引起的中国近代史上强劲的反帝大风暴迅速席卷全国各地。

　　在哈尔滨市为声援"五卅"惨案而开展起来的学生爱国运动中，作为许公中学学生会副会长兼交际股长的赵尚志，和同学们一起走出校门，上街游行，愤怒示威。他们在街头散发传单，进行讲演，揭

赵尚志的父母亲

露"五卅"血案事实真相，声讨日、英帝国主义枪杀中国同胞的罪行。在"五卅运动"中，赵尚志受到了革命斗争的锻炼和考验。他在中共哈尔滨特支书记吴丽石的帮助下，思想觉悟有了很大提高。他看到了中国共产党敢于领导人民大众反对帝国主义和封建军阀势力，是民族解放的希望所在。他坚信一个没有帝国主义，没有压迫，没有剥削，自由、平等的新社会定会在中国实现。他确认共产主义是自己的理想。于是向党组织提出了入党的申请，不久被批准，他光荣地加入了中国共产党。入党后，他更积极地从事政治活动。他精力充沛，废寝忘食，在市内各学校间做宣传、鼓动工作，引导学生奋起救国，从事改造社会的斗争。

由于赵尚志经常外出宣传，带领学生开展反帝爱

黄埔军校旧址

——抗联英雄赵尚志

虎将兴关外　抗倭统雄师

黄埔军校旧址上的孙总理纪念碑。孙中山先生忧国忧民不懈奋斗的一生激励了赵尚志。

国活动，故引起学校的不满。1925年12月，许公中学以"旷课太多，请假未准，擅自出校"为由将赵尚志及另一名同学开除出校。

他被许公中学开除前，曾阅读过黄埔军校校刊

深切缅怀赵尚志将军

迟浩田

《黄埔潮》，了解到黄埔军校是座革命的熔炉。他十分渴望能到这所军校去学习军事。当他得知黄埔军校招生的消息后，即向组织提出投考的请求。中共哈尔滨特支负责人吴丽石经过认真考虑，同意他去投考。

1925年12月，赵尚志告别家人，抱着到黄埔努力学习革命本领，学成之后回东北进行革命斗争的坚定决心，携带着吴丽石写的介绍信和党组织为其筹集的路费，登上了南下的列车，奔赴广州。

在广州，经过严格的考试，他被录取了，成为黄埔军校第四期入伍生。这时候，在中国南方，轰轰烈烈的反帝反封建大革命正在迅猛地开展着。革命形势迫切需要军校造就培养出大批的有坚定革命意志、掌握革命理论和丰富军事知识的人才，因此，学校所教授的科目比较多，学习训练十分紧张。赵尚志因身材矮小、体质较差，有些科目跟不上，但他刻苦用功，不甘落后。他把许多休息时间都用在学习和

训练上。功夫不负苦心人，很快，他的成绩赶了上来，赢得了教官和同学们的称赞。

1926年初夏，根据东北革命斗争的需要，党组织派遣他回东北。他在黄埔军校学习时间尽管为时很短，但对他来说是非同寻常的。它使赵尚志在以后投身戎马生涯，对于他在长期的革命斗争中，特别是在东北抗日游击战争中，指挥抗日部队和日本侵略者进行不屈不挠的斗争，起着重要作用。

赵尚志

1908年出生，汉族，辽宁朝阳人，抗日将领。1925年入黄埔军校学习，1932年初，负责中国共产党满洲省委军委工作，曾与杨靖宇同事；1934年2月起，历任东北抗日联军司令、东北人民革命军第三军军长等职；1942年2月12日，在率部袭击梧桐河警察分驻所的战斗中被内奸打伤，受伤昏迷后被日军逮捕杀害。

根据赵尚志的故事改编，由李文岐执导，高强和张永峰等主演的同名电视剧演绎了赵尚志光辉的一生。

赵尚志烈士纪念碑

虎将兴关外 抗倭统雄师

——抗联英雄赵尚志

拓展阅读
TUOZHAN YUEDU

东北抗日联军

东北抗日联军是在中国共产党领导下的一支英雄部队。它的前身是东北抗日义勇军余部、东北反日游击队和东北人民革命军。抗联的历史是20世纪三四十年代中国人民抵抗日本帝国主义侵略的伟大民族解放战争的重要组成部分，在中国的革命史上有着不可磨灭的伟大功绩。在日本侵略者的大后方，他们14年的艰苦斗争牵制了数十万日伪军，有力地支援了全国的抗日战争。他们可歌可泣、英勇无畏的牺牲精神，是中华民族争取独立、宁死不屈精神的集中体现。

东北抗联博物馆

作为中国人民抗日战争暨世界反法西斯战争胜利65周年纪念活动之一，东北抗联博物馆奠基仪式于2010年8月16日在黑龙江省哈尔滨市举行。

东北抗联博物馆将在原有黑龙江省革命博物馆的基础上进行改建和扩建，采用仿古式的欧式建筑风格。该馆于2010年底建成，与紧邻的东北烈士纪念馆形成完整的展览体系，生动、全面地展现东北抗日联军14年光辉历史。

东北烈士纪念馆以展示抗日民族英雄的个人事迹为主，而东北抗联博物馆将建成情景馆，在复原的历史场景中表现中国共产党领导下的抗联历史事件与历史人物。新馆内展厅将利用声、光、电、3D等高科技手段与实物展品相结合的方式，再现东北抗联的战斗环境和场景。

013

——抗联英雄赵尚志

虎将兴关外　抗倭统雄师

拓展阅读
TUOZHAN YUEDU

电影《赵尚志智取五常堡》

本片还原了赵尚志将军这位智勇双全、能征惯战的一代抗日名将的光辉形象。表现了一代抗联名将热爱人民的高尚情怀，表现了他争取和改造义勇军时的博大胸襟、足智多谋的军事智慧。通过"怒杀伪军小队长""跪拜遇难乡亲""伏击日军军火车队""三岔河突围""义请于彪母亲""决断攻打五常堡""化装伪军官深入敌穴""机枪掩护敢死队冲锋""抢救受伤战友""义释于彪反正"等一场又一场生动感人、惊心动魄的场景，展现了赵尚志将军勇敢与智慧、铁骨与柔情、血性与人性、正气与侠气的风采。

《赵尚志智取五常堡》剧照

团结抗日　组织抗日武装

1926年初夏，根据革命斗争的需要，党组织派赵尚志潜回东北的哈尔滨开展革命斗争活动。面对自己的第二故乡，他感慨万分，对它真是既熟悉又陌生。这里没有南方那种炽热的革命景象，到处是由反动统治阶级造成的令人窒息的冷落、沉闷和凄凉。

1931年9月18日，震惊世界的"柳条湖"事件爆发。日本帝国主义以武力侵略中国，蒋介石国民党政府却奉行丧权辱国的不抵抗政策。日本关东军占沈阳、夺吉林、陷齐市，肆无忌惮地攻城略地，践踏我东北大好河山。1932年2月5日，又攻陷北满重镇——哈尔滨。仅数月之间，东三省绝大部分领土沦于敌手，三千万同胞陷入了水深火热之中。

在民族存亡的危急关头，中共满洲省委根据中共中央《关于日本帝国主义强占东三省事

件宣言》的精神，号召人民群众罢工、罢课、罢市，发动武装斗争，反对日本帝国主义的武装侵略，誓将侵略者驱逐出中国。

中国共产党的反日号召，极大地振奋了中华民族的斗争精神。在亡国灭种的危机面前，一个声势浩大的反日爱国浪潮在东北大地迅速掀起。

1932年初，中共满洲省委由沈阳迁入哈尔滨。这时，赵尚志任全满反日党团书记。他遵照省委指示"应以布尔什维克的坚决性与敏捷性来进行动员"的要求，与以哈市商船学校教授身份为掩护、在省委秘书处工作的冯仲云（后任省委秘书长）一起，来到呼海铁路工厂向工人作反日宣传。他们趁工人下班刚涌出工厂大门时，召集工人聚会，进行讲演。赵尚志以慷慨激昂的语调号召工人团结起来罢工、怠工，支持义勇军的斗争，打倒日本帝国主义。冯仲云与之相配合，把藏在怀里的抗日传单一张张地散发给工友们。

一次，赵尚志去松花江北某地做宣传鼓动工作，是时天已渐暖，大江开始解冻，过江十分危险。为了完成任务，他想尽办法，找来两根长木杆，放在冰上，自己趴在上面，慢慢地向前挪动，冒着生命危险，终于渡过江去，完成了这次任务。

1932年4月，日本侵略者大举向哈尔滨以东和以北地区进犯。反日义勇军与日本侵略者在北满展开激烈战斗。松花江以南的宾县、方正、珠河、延寿、依

虎将兴关外　抗倭统雄师

兰等地李杜、冯占海、邢占青所率义勇军极其活跃，其活动范围直迫哈市市郊，"哈市在炮声震撼之下，风声鹤唳，市面一日数惊"。

为了痛击日本侵略者，呼应抗日义勇军的斗争，振奋民众的抗日斗志，赵尚志与哈尔滨商船学校学生范廷桂（中共党员）一起，于4月12日在哈尔滨市郊区城高子附近火车线路上成功地颠覆了一列日军军车。

1932年，赵尚志等率人炸毁日本军车一列，图为事后现场。

在巴彦游击队任政委时的赵尚志。

1932年4月，赵尚志任中共满洲省委军委书记，负责组织、领导反日武装斗争的工作。为了开展反日武装斗争工作，他根据省委指示，奔赴哈北地区的巴彦县境，找到了张甲洲率领的反日武装——东北工农反日义勇军（又称巴彦游击队）。这是一支利用各种社会关系，联合民团、士绅、知识分子，以及抗日山林队（土匪）组成的一支有一二百人的反日队伍。中共满洲省委为了加强对这支反日武装的领

1932年，巴彦抗日游击队攻占巴彦县城，游击队指挥员留下永恒的纪念。前排中为赵尚志。

虎将兴关外　抗倭统雄师

——抗联英雄赵尚志

导，指派赵尚志打入到这支队伍中开展工作。一方面
要把这支队伍转变为真正的工农反日义勇军，另一方
面要帮助他明确斗争纲领。这时他化名李育才，人称
"小李先生"，任参谋长。

为了把这支队伍建成党的抗日武装，竖起一面鲜
艳的抗日旗帜，他必须想办法使这支队伍发生根本转
变。他首先整顿纪律，并从各队抽调品质好的战士，
建立了以培训抗日骨干力量为主的教导队。教导队军
纪严明，规定战士干部不许说土匪黑话，长官不许有
军阀作风，官兵不许损害群众利益。全队要处处发挥
先锋模范作用，成为全工农义勇军的中坚和榜样。教
导队的成立，使部队逐渐发生变化，加强了队内的思
想政治工作，改善了同人民群众的关系，部队素质有

1935年8月，东北抗日同盟军第四军在方正县成立地方人民自卫队并召开纪念大会。

了明显提高。部队每到一处便向老百姓进行抗日宣传，通过召开群众大会、张贴标语等多种形式动员群众参加反日武装斗争，支援工农反日义勇军；号召群众行动起来，团结一致，拿起刀枪，抗日救国；宣布只要反日救国，不管什么人，义勇军都收留，携枪带马则更好。经过宣传动员，许多群众加入了队伍，一些游民、地主和富农子弟也前来加入工农反日义勇军。一时，队伍有了很大发展。

随着反日斗争的开展，工农反日义勇军逐渐壮大起来，成为党领导的活跃在哈北地区抗击日本侵略者的一支重要队伍。为打击日本侵略者扶植起来的伪县政权，振奋民众反日斗志，这支队伍攻下了巴彦县城，给敌以重创，"小李先生"也成了哈北一带很出名的人物。但是，不久以后由于"左倾"错误的影响和队伍内部成分复杂，巴彦游击队在敌人的围攻下瓦解了。当时满洲省委执行"左倾"路线的人错误地认为巴彦游击队的失败是赵尚志执行"右倾"路线的结果，责令他作深刻检查。赵尚志性格倔强，不愿违心地讨好上级，据理申辩，竟被开除了党籍。他不甘心受诬陷，回到哈尔滨千方百计寻找党组织，要申诉自己的意见。在此期间，他曾被日伪逮捕，因查无证据获释，但他和党组织却无法取得联系。在困境中，他抗日报国的

中国人民抗日战争纪念碑

决心丝毫没有动摇。

1933年春，随着日本帝国主义的野蛮侵略和残酷统治，哈东一带群众饱尝着难以忍受的痛苦。在这种情况下，哈东一带群众积极要求组织起来武装抗日。当时，在哈东地区的宾县、珠河一带有一支较大的义勇军，即孙朝阳领导的"仁义军"。孙朝阳，辽宁省朝阳县人。早年投身军旅曾任马占山部营长，后辞职在阳城一带经商。1932年秋率部并联合一些土匪宣布反日。按当时各武装头领取名报号的习惯，根据本人原籍，报号"朝阳"，其所部亦称"朝阳队"。

1933年4月，赵尚志得知孙朝阳率部在宾县一带活动，便从哈尔滨来到宾县参加了孙朝阳的队伍，当了一名马夫。他试图把这支队伍改造成真正的反日队伍。一次，孙朝阳部队被敌围困在宾县东山，处境十分危险，孙朝阳自己也束手无策。赵尚志运用在黄埔学校学习的知识，向孙朝阳提议以攻为守，用一部分兵力守东山，一部分兵力攻击守备空虚的宾县，这样可收"围魏救赵"之效。孙朝阳采纳了这一建议，并让赵尚志率队攻城。赵尚志乘虚而入，果然占领了宾县县城，迫使敌人撤了围，解救了"朝阳队"。事后，赵尚志被任命为义勇军的参谋长，受到全队官兵的信任。这期间，他遇到了中共珠河中心县委派到孙朝阳

部工作的李启东。他们相互配合，密切合作，按照中共珠河中心县委的指示原则，在"朝阳队"中更有力地进行着推动部队坚持反日、积极进行对敌斗争的工作。正当他们准备共同改造争取这支队伍的时候，不料，孙朝阳被敌特以进关参加义勇军负责人会议为由骗走，车抵哈尔滨便被日本宪兵队拘捕，押解至长春关押起来。敌人劝其投降，他慨然回答："我孙朝阳热心救国，今不幸为奸人所骗而被逮，国土未复，壮志未遂，殊为可惜，至于个人生死早置之度外，今日唯求速死以报我国家民族耳！"孙朝阳被捕后，队伍中一些原土匪首领企图暗害队伍中的共产党人。在这种严重的形势下，赵尚志、李启东认为对孙朝阳部已无继续争取的可能，于是，便带着几个人和一挺轻机枪、

四支手枪、七支长枪，脱离了孙朝阳部。后奔赴珠河，创建抗日游击队。

赵尚志等脱离孙朝阳部队这一天，正是农历中秋节。当夜，皓月当空，灿明如镜，薄云远逝，月光如水。然而，赵尚志等却无心翘首欣赏团圆之月，没有那种闲情逸致去品评中秋夜色。他们想到的是在日本帝国主义的铁蹄下，有多少东北同胞家破人亡，妻离子散，不得团圆。"国家兴亡，匹夫有责"，一种强烈的抵御外侮、救国救民的责任感，驱使着赵尚志等在万籁俱寂的中秋之夜，急速地踏上奔赴中共珠河县委的征途。

T拓展阅读
TUOZHAN
YUEDU

　　杨靖宇、赵尚志、左权、彭雪枫、佟麟阁、赵登禹、张自忠、戴安澜等一批抗日将领，八路军"狼牙山五壮士"、新四军"刘老庄连"、东北抗联八位女战士、国民党军"八百壮士"等众多英雄群体，就是中国人民不畏强暴、英勇抗争的杰出代表。

　　——2005年9月3日，胡锦涛同志在纪念中国人民抗日战争暨世界反法西斯战争胜利60周年大会上的讲话。

辽宁省朝阳市赵尚志纪念馆

　　赵尚志纪念馆位于辽宁省朝阳市中山大街2段。纪念馆建设工程于2007年9月23日开工，到2008年10月25日落成开馆。赵尚志纪念馆是集纪念、馆藏、研究保护、展览以及爱国主义教育为一体的综合性建筑。整个建筑平面为方正的矩形，俯视整个建筑可以看到平面为一个方正的"尚"字。纪念馆高11米，正面长34米，象征着赵尚志将军11岁离开家乡以及34年短暂而壮丽的人生。纪念馆的正面像张开的手臂，寓意家乡人民张开怀抱迎接将军魂归故里。

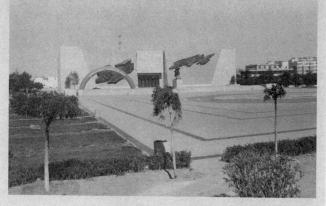

虎将兴关外　抗倭统雄师

——抗联英雄赵尚志

黑龙江省尚志市赵尚志烈士纪念馆

　　尚志县原名珠河县，1946年为纪念抗日民族英雄赵尚志而改为尚志县。1986年，尚志市筹建了赵尚志烈士纪念馆。2005年，尚志市委、市政府对纪念馆重新布展，采用现代科技手段，主要陈列赵尚志、赵一曼等革命烈士的事迹。这里是黑龙江省重点文物保护单位，现有国家级文物232件，是黑龙江省爱国主义教育基地和国防教育基地。

奔赴珠河　创建抗日游击队

　　珠河县境山峦起伏、林木丛生。蚂蜒河、亮珠河、大泥河流经其间。中东铁路滨绥线沿东西方向横穿而过，将全县分成道南、道北两部分。该县除汉族居民外，善于稻田耕作的朝鲜族居民占有很大比例。

　　九一八事变以后，日本关东军侵占了珠河。侵略者凭依武力横行霸道的野蛮行径，激起了人民群众的无比愤慨。为了争取生存的自由，珠河广大民众纷纷自发地开展反对日本帝国主义武装侵略的斗争，积极参加反日的红枪会和义勇军。在此期间，中共珠河县

抗日英雄赵尚志

委积极地参与、组织了支援反日义勇军的斗争。同时，县委为创建党直接领导的抗日武装进行了多次尝试。在农村中对农民群众进行了普遍的反日宣传和动员，并组织起反日会等群众组织。

1933 年 10 月，赵尚志与珠河中心县委取得了联系，受到县委的热烈欢迎。自从脱离"朝阳队"，找到中共珠河县委，他感到格外舒心、愉快。因为最值得欣慰的是，自己又回到了党组织身边，又在党组织的领导之下。在珠河县委，他听取了中央关于建立反日统一战线等指示精神的传达，倍感亲切。他看到了团结抗日的广阔前途，使他对组建党领导下的游击队及抗日斗争的前途充满了信心。他在县委直接领导下，认真总结了在巴彦游击队和"朝阳队"工作的经验教训，根据中央指示精神，就当前组建珠河游击队工作问题，进行了充分、详细的讨论，最后制定了建立游击队的计划及行动纲领。

1933年10月10日，在珠河县委领导下，珠河东北反日游击队在三股流成立了，赵尚志被选为队长。在成立大会上，他带领13名队员庄严宣誓："我们珠河东北反日游击队全体战士，为收复东北失地，争取祖国自由，哪怕枪林弹雨，万死不辞，赴汤蹈火，千辛不避。誓为武装三千万同胞，驱除日寇出东北，为中华民族独立、解放而奋斗到底！"从此，这支由党直接领导的抗日武装，在珠河掀起了猛烈的抗日风暴。

赵尚志在领导珠河反日游击队开展武装抗日斗争的过程中，首先坚持党的领导，在队内成立党支部，以李福林为书记。并宣布执行杨靖宇领导下的磐石人民革命军的斗争纲领，自觉遵守党的斗争策略、方针，注意发动和依靠群众，灵活运用游击战术，进而使这

支重新创建的反日队伍在与日伪反动势力斗争中迅速发展。为了动员群众抗日，发展壮大游击队，赵尚志率领队伍缴了东西五甲、二道河子、张家湾警察所的枪，召开群众大会清算了罪大恶极的亲日走狗王福山。接着，又在罗家店击溃了100多名日伪军的进攻，在火烧沟击毙了日军"讨伐"大队长以下20多人。年底，游击队依靠人民群众的帮助，解除了宾县七区保卫团长刘林祥的武装，得机枪1挺，长短枪13支，马13匹，子弹数千发。游击队在党的领导下，不畏艰险，英勇战斗，不到3个月时间就发展到70余人。游击队初创旗开得胜，鼓舞了士气，教育了群众。异军突起，发展迅速，成为东北抗日游击战争中的一支劲旅，被日本侵略军称之为"北满治安的最大祸患。"

为了贯彻党的抗日统一战线政策，1934年春，赵尚志在"不投降，不卖国，反日到底；没收敌伪财产充当抗日经费；保护

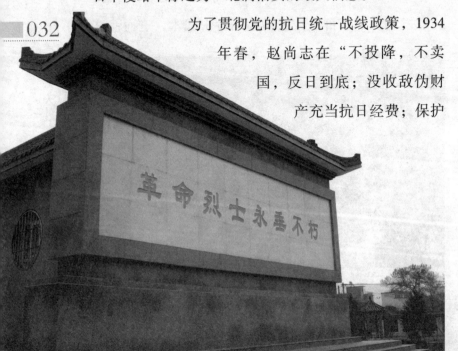

"抗联从此过，
子孙不断头。"

抄录当年抗联部队引军过天池
温泉岭上镌刻在大树上的一句豪壮标语。
这句标语，是五十年前镌刻的，至今清晰
可见。东北抗联的业绩，已成为历史，
但抗联的那种誓死抵抗入侵敌寇
的精神——爱国主义精神，是中华儿女
的优秀传统，是后辈们永远应当铭记、
继承和发扬的。这种爱国主义精神，在
当年是渗透在抗日救国的战斗中，在今天
则应反映在认真贯彻党的十三大路线，
为深化改革、发展生产力、实现"一个中心、
两个基本点"的方针作出新贡献。

韩光 一九八八年元月七日

虎将兴关外　抗倭统雄师
——抗联英雄赵尚志

刻有当年抗联标语的松树依然长青

群众利益，武装群众共同抗日，允许群众反日自由"
的三个条件下，联合了20余支义勇军、山林队在秋皮
屯成立了东北反日联合军司令部，赵尚志被推选为总
司令。从此，许多小股反日义勇军部队纷纷前来加入
联合军。有的队伍要求直接加入赵尚志领导的游击队。

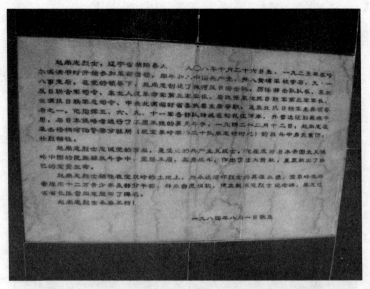

赵尚志烈士纪念碑的碑文，介绍了赵尚志的生平。

抗日队伍迅速壮大，声威大震。1934年5月间，他率领抗日游击队和联合军500多人攻打哈东重镇宾县县城。这次攻城是在木制大炮火力掩护下，攻进城里的。队伍进城后同敌人展开了激烈的战斗。攻打宾州之战，极大地震慑了宾（县）、五（常）、双（城）、阿（城）一带的敌人。经过此战，进一步扩大了党领导的游击队的影响。由于赵尚志的正确决策和沉着果断的指挥以及战士们英勇顽强的作战，给敌人以很大的打击。此战虽然没有达到占领宾州城的目的，但却极大地震慑了宾县周围的敌人，扩大了党领导的游击队的影响，敌人组织的地方武装、伪大排队等普遍发生动摇，各

义勇军队伍更加靠近党领导的珠河游击队。从此，赵尚志"木炮打宾州，威震敌胆"的佳话就传开了。在这次战斗中，游击队还用步枪击落敌机1架，并缴获了大量的枪支弹药。经过此战，极大地震慑了敌人，扩大了党领导的游击队的影响。同时发展和扩大了自己的武装力量，开拓了新的斗争局面。

日伪当局为加强对珠河地区反日游击运动的防范与镇压，派驻大批日伪军前来"讨伐"，妄图消灭赵尚志及所率队伍。敌人的防范与镇压并不能阻挡珠河地区广大人民群众反日情绪及斗争的进一步高涨。赵尚

志领导的珠河反日游击队在对敌斗争中已成为各反日武装队伍中最坚强和最有战斗力的队伍，在同反日义勇军数次联合作战中及在共同组织的反日联合军中，已充分显示出了它的领导和骨干作用。

1934年6月，根据中共满洲省委指示精神，为进一步扩大反日统一战线，巩固反日联合军，扩大抗日武装，赵尚志收编了一部分义勇军，把珠河反日游击队改编为东北反日游击队哈东支队，他任司令。全队450余人，下辖3个总队。

哈东支队的成立是珠河地区反日武装斗争的新发展，它较之春季时与各义勇军共同成立的反日联合军又进了一步。因为它不是简单的作战协定的联合，也不是组织上的松散联合，而是通过改编的形式所建立起来的统一领导与指挥的一支武装部队。哈东支队成立后，部队分3路以珠河县为中心，在中东铁路南北广泛开展游击活动，不断地扩大抗日游击区域，沉重地打击了敌人。

珠河的星星火种在哈东燃成了燎原之势。敌人惶恐不安，采用毒辣手段，一方面派遣特务混入抗日队伍内部，暗杀游击队领袖，策动少数不坚定分子反叛；另一方面在哈尔滨逮捕了赵尚志的父亲赵振铎，并伪造"规劝"信诱骗赵尚志投降，阴谋瓦解抗日队伍。赵尚志冷静地分析了形势，大义凛然地向同志们表态："敌人抓我父亲是阴谋，他抓他的，咱们还是抗咱们的

战斗中的抗联战士（油画）

日。"他的行动激励了广大抗日战士，稳定了军心。为了彻底粉碎敌人诱降的阴谋，赵尚志决定以更坚决的行动坚定广大战士的抗日决心和信心。为此，他指示侯林乡自卫队联合地方武术队，在群众的支持下，击溃破坏根据地的叛军"黄炮"部，并逮捕了汉奸特务，召开群众大会审判处决，从而制止了投降逆流。为了狠狠地惩罚敌人，赵尚志又组织联合军主动出击，破坏敌人的交通线，仅8月份1个月，就在滨绥线上袭击车站91次，翻车16次，毙敌46人，伤敌102人，使敌人的直接损失达130万元。其中，最著名的是蜜蜂袭击战。一天黄昏，雷雨刚过，赵尚志亲自率领队伍来到九站至蜜蜂间的一个地点，迅速拆掉两条铁轨埋伏

东北抗日联军战士的单、皮帽。

了起来。不久，敌人一列从哈尔滨到牡丹江的军用列车开到这里，在一阵哐哐啷啷的响声中离轨翻车。他带领游击队冲上铁路，干净利落地消灭了随车的全部日军，车上的大量军用物资被我缴获。游击队频繁袭击铁路线使敌寇惊恐不安，不得不哀叹："满洲交通变为地狱。"

同年中秋节前夕，赵尚志又组织了攻打五常堡的联合作战。五常堡是哈南重镇，四面围着土墙，并设有炮楼，驻扎着500多名日伪军。赵尚志的部署是：以游击队为主力的联合军600多人攻城，地方青年义勇军在哈尔滨至五常堡的公路上阻击打援。那天，我

游击队首先从北门攻入城内，占领了3个炮台，与敌人展开巷战，激战4个小时，日军守备不支，乘夜仓皇逃跑。游击队缴获了90余支步枪和大批子弹，以及布匹、胶鞋、面粉等物资，在城里散发了传单，处置了恶霸汉奸，然后迅速转移，安全渡过牡牛河。此时敌援军赶到，但却未敢追击。我军遂乘胜前进，顺利地攻下了八家子、康家炉、梨树沟、方城岗等地，取得了巨大胜利。这次战斗解决了我军冬装和大量粮食物资的急需，打击了敌人嚣张气焰，扩大了我军的影响。

虎将兴关外　抗倭统雄师

抗联英雄赵尚志

《东北抗日联军统一军队建制宣言》

1936年2月10日，直接领导东北党组织工作的中共驻共产国际代表团决定，为适应反日统一战线的需要，应统一全东北抗日军队的名称。2月20日，以杨靖宇、王德泰、赵尚志、周保中等和汤原游击队、海伦游击队的名义发表了《东北抗日联军统一军队建制宣言》，说明根据全国抗日运动的发展，有进一步巩固抗日军队、统一抗日行动、改革抗日军队建制的必要。于是，东北各抗日武装力量陆续改编为抗日联军的各军。从1936年初到1937年秋，东北抗日联军已建立11个军，共3万余人，开辟了东南满、吉东、北满三大游击区，在南起长白山，北抵小兴安岭，东起乌苏里江，西至辽河东岸的广大地区内，开展游击战争，同日伪军进行了大小几千次战斗，粉碎了敌人的多次"讨伐"。

东北抗日暨爱国自卫战争烈士纪念塔

坐落在黑龙江省哈尔滨市道外八区广场北侧。系市级烈士纪念建筑物保护单位。1947年初，为了悼念在抗日战争中牺牲的东北爱国志士，东北行政委员会决定筹建东北抗日暨爱国自卫战争烈士纪念塔。1947年7月7日举行了烈士塔的奠基典礼，1948年10月10日竣工，并举行了隆重的揭幕仪式和公祭大会。

烈士塔围栏占地面积4710平方米。塔高30米，花岗岩块石结构，塔身南面镌刻塔名"东北抗日暨爱国自卫战争烈士纪念塔"16个大字。塔身四周镶嵌着浮雕，东面的浮雕再现了抗联将士们同仇敌忾、奋勇杀敌的情景；西面的浮雕，表现了爱国群众共赴国难、奋不顾身为抗联和解放军将士们运送军需支援前线的情景。

纪念塔象征着为国捐躯的先烈们的丰功伟绩，标志着人民对先烈的缅怀。

043

——抗联英雄赵尚志

虎将兴关外 抗倭统雄师

东北抗日联军战绩纪念塔

坐落在黑龙江省佳木斯市西郊沿江乡民兴村东南二公里的猴石山主峰北坡244高地。中共佳木斯市委员会、佳木斯市人民政府为纪念东北抗日联军战绩和缅怀抗联烈士，于1984年7月始建，10月完工。为省级烈士纪念建筑物保护单位。占地面积400平方米，塔高25米，采用优质大理石和花岗岩砌筑。塔的四角塑立四支火炬。塔身正面刻有原黑龙江省省长陈雷的手书："东北抗日联军战绩纪念塔"；背面刻有"革命烈士永垂不朽"8个大字；右侧是塔词；左侧为《露营之歌》歌词。塔身底部分别嵌有反映东北抗日联军艰苦奋战的4幅铜质浮雕：同仇敌忾，英勇杀敌；雪地露营，坚持抗日；人民群众支援抗联将士；军民共庆抗战胜利，迎接新的战斗。塔座呈正方形，设8级台阶。四面各筑有方形平台，每座平台上均塑立着巨型火炬造型，象征着抗日斗争烈火燃遍四面八方，先烈们的英雄业绩流传千古，永照后人。

深入哈东　开辟抗日游击区

　　1934年,日本帝国主义在东北进一步推行殖民主义政策.在经济上,一方面实行垄断、掠夺, 使东北的经济成为日本帝国主义经济的附庸, 致使中国民族工商业沦于破产；另一方面残酷剥削东北人民,以苛捐杂税、没收和征发、倾销拍卖, 疯狂地吸吮着东北人民的血汗。在政治上,施以严酷统治, 人们没有任何言论、出版、结社、集会、迁徙的自由。同年, 哈东游击队成立, 在游击队连续取得军事胜利的基础上, 根据中央的指示和中央苏区建立革命根据地的经验, 中共满洲省委及时向各个反日活动区域的党组织和游击队提出了建立临时革命政权和创建游击根据地的任务。

　　哈东根据地的创建正是根据中央和满洲省委指示精神进行的。在珠河县委的领导下, 赵尚志学习了中央苏区的经验, 首先在珠河县铁道南北建立了游击根据地。铁道南的三股流是哈东支队司令部所在地, 在那里建立了各种群众组织, 进行反日工作, 还设有兵工厂、被服厂、医院、印刷厂等等。原来的穷山沟完全变了样, 呈现出根据地军民团结抗日、发展生产的

辽沈战役纪念塔

虎将兴关外　抗倭统雄师

一派令人振奋的革命景象。游击队每次打了胜仗，都要召开几百人、上千人的群众大会进行庆祝。每遇到这种场合，赵尚志就用浅显易懂的语言向群众讲解抗日救国的道理，鼓舞大家的胜利信心。在赵尚志言传身教的影响下，游击队的干部、战士都注意做群众工作。他们一到驻地就跟群众一起下地，边劳动边宣传，并严格遵守群众纪律，真正做到了秋毫无犯。群众把游击队看做是自己的子弟兵，主动为游击队烧水做饭，缝洗衣衫。青年义勇军和儿童团员，还替游击队站岗放哨，传递情报，真是军民亲如一家。赵尚志在生活上坚持与群众同甘共苦，吃、穿、用和战士完全一样，毫不特殊。一有空闲，他就和战士们一起，帮助群众劈柴、推磨，深受群众称赞和爱戴。

赵尚志纪念馆藏品

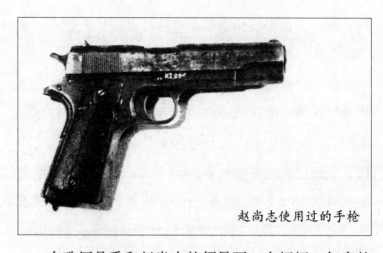

赵尚志使用过的手枪

　　在珠河县委和赵尚志的领导下，在短短一年多的时间里，哈东根据地就扩大到包括珠河、宾县、延寿、方正、阿城、五常、双城等县的东西200多里，南北350多里的大片山区，人口有十多万。随着根据地的扩大，党组织和反日会、儿童团、妇女会等群众组织也迅速扩大和发展，仅反日会员就有1万多人。在此基础上，1934年7月成立了珠河县农民委员会，下辖30多个分会。农民委员会是根据地人民当家作主、团结各阶级各阶层的抗日政权，担负着领导生产、拥军支前、组织武装、侦察敌情、锄奸、交通等重要任务。它一成立，珠河地区的民众抗日武装力量又有了新的发展：自卫队员达到5000余人，其中青年义勇军和模范队员就达到1000多人。这些半脱产的武装队伍，不仅配合哈东支队在保卫根据地的斗争中发挥了重要作

用，而且为游击队输送了大量的经过训练的战士，成为游击队的可靠的后备力量。

敌人对赵尚志领导下的这块根据地极端仇视，决心要将其彻底摧毁。1934年11月，敌人以驻哈尔滨日军守备队为主力，调动伪第四军管区所属的褚旅、邓团、王团以及警察大队等3000多人，包围了哈东游击区，并切断交通要道，实行分片进攻，妄图把我游击队"各个击破"在根据地里。为了粉碎敌人的进攻，赵尚志采取灵活机动的战术，把游击队的一部分部署在游击区各处，袭扰来犯之敌，使敌人到处扑空，疲于奔命；他自己亲率另一部骑兵主力，越过威虎岭北

赵尚志烈士纪念碑

上，到方正、延寿一带扰乱敌人，威胁其背后，并进
行休整。等到进攻根据地的敌人精疲力尽、进退两难
时，他又率领经过休整的骑兵主力，迅速返回根据地，

东北抗日联军报纸上刊登的抗战宣传画。

狠狠打击敌人。就在赵尚志率队返回道南游击根据地
的途中，行至肖田附近，突然与日军望目部队200多
人和伪军邓团的300多人相遇，双方展开了一场激烈
的遭遇战。迎面的敌人不仅有很强的火力，而且占据
有利地势，我军处于不利境地。但战斗一开始即发现
敌军动作迟缓，暴露其疲惫不堪的窘态。而我军经过
休整，士气正旺，在赵尚志指挥下，一连打退了敌人

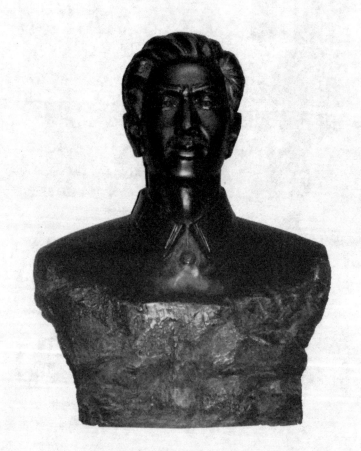

赵尚志铜像

的几次冲锋。敌人见硬攻不行，便倚仗其人多，改取包围阵势。在远距离火力交锋中，赵尚志左肩受伤，但仍坚持指挥作战。日落之后，敌人的包围圈逐渐缩小，情况危急。赵尚志表现得异常镇定，他忍着伤痛，命令数名勇士带着30多匹战马，在暮色苍茫之中，从日军和伪军衔接部的薄弱地段强行突围，主力仍在原阵地隐蔽不动。当那几名勇士带着战马冲过敌营时，敌人以为我军全部突围，便集中火力向结合部猛烈射击，并发动追击。就在大批敌人脱离阵地追击我突围马群时，赵尚志指挥主力从敌背后发起猛攻。敌人被打得蒙头转向，立时大乱，我军乘机突出了包围圈，安全转移。这次战斗共歼灭日伪军110多人。日军司令望目看到我军转败为胜、秩序井然地突围转移的情

景，不禁惊呼：此战"必有名将指挥！"肖田战斗之后，敌人调来大部队追击我军。赵尚志迅速把队伍化整为零，与敌周旋。直到12月底，日伪军仍对赵尚志领导的哈东支队毫无办法，只好将讨伐部队全部撤回。

在创建抗日游击根据地的斗争中，赵尚志坚定地依靠党的领导，经常向珠河县委汇报工作。县委也非常了解他，曾多次向省委提出恢复赵尚志同志党籍的请求。1935年1月12日，中共满洲省委作出"恢复赵尚志党籍的决议"。决议指出："开除赵尚志党籍"，是由于当时"省委执行'左倾'机会主义路线的结果，是错误的"，在充分肯定"赵尚志在民族革命战争中能继续艰苦工作，与日本帝国主义斗争，具有坚决勇敢精神，一年来创建和发展了珠河游击队，开辟了很大的游击区"等卓越成就的基础上，"决定正式恢复赵尚志党籍"。

东北抗日联军的十一个军建制与领导人

第一军　1936年7月，由原东北人民革命军第一军改编成立，杨靖宇任军长兼政委，宋铁岩任政治部主任。下辖3个师1个教导团，活动于通化、柳河、桓仁（吉林、辽宁边界）等地。

第二军　1936年3月，由原东北人民革命军第二军改编成立，王德泰任军长，魏拯民任政治委员，李学忠任政治部主任。下辖3个师1个教导团，活动于延吉、汪清、敦化（吉林）等地。

第三军　1936年1月，由原东北人民革命军第三军改编成立，赵尚志任军长，张寿篯（即李兆麟）任政治部主任。下辖10个师，活动于哈尔滨以东的珠河、宾县、延寿（黑龙江）等地区。

第四军　1936年3月，由原东北抗日同盟第四军改编成立，李延禄（后李延平）任军长，黄玉清任政治部主任。下辖4个师3个游击团，活动于依兰、方正及宝清（黑龙江）等地区。

第五军　1936年2月，由原东北反日联合军

虎将兴关外　抗倭统雄师

——抗联英雄赵尚志

第五军改编成立，周保中任军长，柴世荣任副军长，胡仁任政治部主任，参谋长张建东。下辖2个师，活动于宁安、穆凌、林口（黑龙江）等地。

第六军　1936年9月，由原东北人民革命军第六军改编成立，夏云杰（后戴鸿宾）任军长，张寿篯（李兆麟）代理政治部主任。下辖4个师，活动于汤原、铁力（黑龙江）等地。

第七军　1936年11月，由原东北人民革命军第四军第四团改编成立，陈荣久（后李学福）任军长，崔石泉（即崔庸键）任参谋长。下辖3个师，活动于饶河、虎林、抚远（黑龙江）地区。

第八军　1936年9月，由原东北民众救国军改编成立，谢文东任军长，滕松柏任副军长，刘曙华任政治部主任。下辖6个师，活动于依兰、方正、勃利（黑龙江）地区。

第九军　1937年1月，由原中国自卫军吉林混成旅第二支队改编成立，李华堂任军长。下辖3个师，也活动于勃利、依兰（黑龙江）地区。

第十军　1936年冬，由原东北人民革命军第八军改编成立，汪雅臣任军长，张忠喜任副军长，王维宇任政治部主任。下辖10个团，活动于五常、舒兰（黑龙江、吉林边界）地区。

第十一军　1937年10月，由原东北山林义勇军改编成立，祁致中（祁宝堂）任军长，金正国任政治部主任。下辖1个师，活动于桦川、富锦（黑龙江）地区。

东北烈士纪念馆

东北烈士纪念馆，在黑龙江省哈尔滨市南岗区一曼街。1948年10月10日开馆。该馆馆舍是1931年建成的西欧古典主义建筑风格的3层楼房。1933年9月，伪哈尔滨警察厅占用了这座大楼，这里成为日本侵略者镇压中国人民的罪恶场所。抗日民族女英雄赵一曼曾在这里遭受酷刑后走上刑场。

该馆藏品7000余件，历史资料5000余份。展出东北地区有影响有代表性的烈士事迹。目前，馆藏文物构成了一部史诗般的东北革命文库。纪念馆还运用景观复原、大屏幕显示等现代手段，再现往日的悲壮场面，使人观后经久不忘。

该馆出版有东北抗日烈士事迹丛书，与黑龙江省委党史研究所合作编写出版了《东北抗日烈士传》。

东北人民革命军第三军改编为
抗日联军第三军通告

（1936年8月1日）

为通告事，照得本军自民国二十三年春季以来，即在不断战胜强敌下，自身之扩大与千百万反日同胞拥护中，组成东北人民革命军第三军。幸赖将士用命，努力杀敌，各界臂助，奔走有方，两年来不独扩展数倍之反日行动区域，取得更多同胞信仰，尤其汇合无数抗日友军，打破日寇之各个击破诡计，领导几多作战部队，致使强敌首尾自顾无暇，此固本军足以自慰者。但仰瞻抗日前途，尚须筹谋多方，尤其团结一切抗日部队为统一无间之整体，实为当前急务之急。因此，本军决定于八月一日起，在全体战斗员自动提议下，将原东北人民革命军第三军改编为东北抗日联军第三军。改编各队，联络各军，无他，消灭此疆彼界，各树一帜，尔东我西，各行其志；以发扬与光大我抗

虎将兴关外　抗倭统雄师

——抗联英雄赵尚志

T拓展阅读
TUOZHAN YUEDU

日之旗帜，以团结与巩固我反日伪之武装而已。

行动在即，整顿需时，尚希我弟兄军与各地抗日友军，全体同胞，大展鸿猷，不吝赐教，国家幸甚！我军幸甚！

东北抗日联军第三军

军长赵尚志及全体指战员同启

大中华民国二十五年　　月　　日

哈尔滨尚志大街

哈尔滨尚志大街，原名新城大街。形成于 1900 年前后，全长 1.7 公里，是哈尔滨最早形成 的以百货、银行为主的一条商业大街。

新城大街还具有光荣的革命传统。在旧中国 时期，是中共地下党组织群众开展反帝爱国示威 游行、散发传单、搞飞行集会的重要场所，并留 下像"口琴社""一毛钱饭店""牵牛房""开明书 店"等秘密机关旧址。著名抗日民族英雄赵尚志， 也与这条大街结下了不解之缘。

1933 年初，赵尚志从巴彦游击队回到哈尔 滨，准备向中共满洲省委汇报工作。当他正为找 不到接头关系着急的时候，突然在《国际协报》 广告栏里发现了金伯阳约高庆有到"一毛钱饭店" 会面的启事，上述二人均为地下党同志，赵尚志 很早就认识他们。于是，赵尚志也奔向一毛钱饭 店，当时他衣着褴褛，脸色蜡黄，一只眼睛因受 伤包扎着纱布，看上去像个乞丐。当他上前将要向金伯阳说话时，不幸被日伪特务逮捕。他和金、高二人均被押送到道外日本宪兵队。敌人对他们进行了严刑拷打，赵尚志一口咬定自己是来讨饭的，而金、高二人坚持不认识赵尚志，敌人只好将他们分别释放。

之后，赵尚志又回到新城大街，投奔住在新城大街与西十三道街拐角处（今西十三道街23号）的于开泉（哈工大早期党员，解放后在水电部科学院工作）家暂住。于开泉与赵尚志是许公学校的同学，曾一起组织过学生会的工作。

1946年7月7日，松江省和哈尔滨市各界20万人在纪念"七七抗战"9周年大会上，正式将新城大街改为尚志大街，以资纪念这位抗日民族英雄。

与敌周旋 鏖战松江两岸

1935年1月，遵照中央满洲省委的指示，哈东支队改编成东北人民革命军第三军。赵尚志任军长，冯仲云任政治部主任。军以下先成立第一师，赵尚志兼师长，下辖3个团。第三军建立后，积极贯彻满洲省委关于在军事上"协助建队，联合作战，开辟新区，粉碎敌人'讨伐'"的指示，采取由南向北的发展方针，逐步转移到松花江下游的三江地区。在向北发展的争途中，帮助了祁致中、谢文东、李华堂整顿发展了抗日队伍，对他们进行了政治思想教育，提高了他们的抗日觉悟，坚定了抗日决心。

不久，敌人开始了春季大"讨伐"。赵尚志把第三军各团部署在游击区各地，用灵活机动的战术，互相配合，消灭入侵之敌。同时，他率领司令部直属的少年连跃出敌人"讨伐"圈，声东击西，打击敌人。他利用敌人"讨伐"到处乱窜、缺乏相互联系的弱点，把游击队化装成伪军"讨伐"队，大摇大摆地进入敌人据点四道河子，派传令兵通知当地大排队头目说："国兵'讨伐'队与赵尚志作战失利，正在向村子里撤退，快出来迎接！"大排队的头目包队长真以为是"国

虎将兴关外 抗倭统雄师

兵"来了，率大排队到场院列队迎接。赵尚志率队来到场院，给大排队"训话"。他声色俱厉地说："赵尚志已经打到村里了，你们在那儿干什么？都是混蛋！"遂下令缴了四道河子大排队的械。接着又缴了三道街、包家岗等大排队武装，共得枪100多支。随后，赵尚志率队进入延寿县境内缴了花拉子大排队的枪，还焚烧了乌拉草沟和姜家崴子的警察所。

这时，在土龙山农民暴动中起家的东北民众军司令谢文东和自卫军支队长李华堂，在依兰、勃利地区遭到敌人"讨伐"，受到严重损失之后，转到延寿、方正地区活动。谢、李派人邀请赵尚志去帮助改编他们的队伍。赵尚志为了联合他们抗日，前往方正县大罗勒密，与谢、李等人会晤。经过协商，决定仍以一年前联合各反日部队时提出的三个条件为基础，以第三军为核心，联合谢文东、李华堂、祁明山的队伍，成立东北反日联合军总指挥部。赵尚志被推举为联合军总指挥。3月9日，赵尚志指挥联合军500多人攻打方正县城。城内有日伪军200多人。我军夜间完成包围，凌晨分四路发起总攻。第三军少年连首先突破敌人坚守的东门，攻进警察署，将其武装全部缴械，还烧毁了日本参事官住宅。之后，由于日军退入设有工事的大院，倚仗高墙、炮台进行顽抗，我军没有爆破装置，久攻不克，伪军屠旅又前来救援，遂主动撤出了县城。攻打方正一战，吓得敌人撤回了"讨伐"队去守卫城镇，春季"讨伐"宣告破产。

同年5月，赵尚志根据满洲省委关于"红五月"工作的部署精神，率领第三军司令部和第一团以及部分联合军队伍，东征到牡丹江沿岸开辟新区，并准备打通与汤原游击队的联系，以便组织松花江两岸整个北满地区的联合作战。东征途中，联合军攻克了半截街、新开道，收缴了老五田、楼山等警察局（所）的武器。敌人发现我军东进，立即派兵进行围追堵截。赵尚志利用山区有利地势，依靠当地人民的支持，狠狠地打击了跟踪我军的白俄森林警察队，摧毁了掠夺

我森林资源的近滕林业公司和森林铁路车站，又进攻三道通，击溃伪军赫团。我东征队伍节节胜利，震动了依兰、勃利地区的敌人，鼓舞了当地人民群众。但是，由于敌人对牡丹江沿岸地区控制严密，大部队不宜久留，赵尚志遂决定，留第一团在那里开展群众工作，司令部带部分队伍返回珠河。

"讨伐"和反"讨伐"，是东北抗日游击战争中敌我斗争的主要形式。敌人在关东军参谋长统一指挥下，从1933年起两年间就进行3次"全满大讨伐"和十多次地区性"讨伐"。但是，这些"讨伐"都在我抗日武装的沉重打击下遭到失败。敌人也不得不承认："尽管讨伐在人力、物力上牺牲很大，但没有取得应有效

果。"而赵尚志领导的东北人民革命军第三军，却在反"讨伐"的斗争中不断壮大，哈东游击根据地也随之越来越扩大。

　　哈东反日游击战争的蓬勃发展，直接威胁着日伪在北满的统治中心——哈尔滨。1935年夏，敌人调动

了驻哈日军和滨浸铁路沿线日军守备队3000多人，以及第四军管区新属伪军和警察大队，向我哈东游击区大举进攻，放火焚烧根据地的房屋，强迫群众移居到戒备森严的大屯里。敌人烧完道南又开始扫荡道北根据地。到处是一片血海烟云。在这生死存亡的紧要关头，赵尚志在请示了上级党委的情况下，决定避开优势敌人，率主力北上，支援汤原游击队，巩固该地区根据地，进一步联合其他义勇军、山林队，开展松花江北岸广大地区的游击战争。随后，赵尚志即率第三军主力同李延禄一起北上，与汤原游击总队汇合，帮助他们改编为东北人民革命军第六军。汤原地区人民武装力量的加强，对巩固汤原根据地起到了重要的作用。

主题歌

三番大地育英男
白山黑水旗敌寇
一南《满江红》
邵发冲九天
军威壮
政旌猎
林海雪原拼沙场
搏手三江热狂啊
随风淬雨红题卷
一腔热血瀑轩镇

大型现代评剧

赵尚志·1933

1908—2005

汤原根据地得到巩固之后，为了进一步扩大江北游击区，1936年春，赵尚志率第三军司令部直属队和五、六两团，开始向木兰、东兴（今属木兰）、庆城（今庆安）、铁力、海伦等地区远征。4月初，远征部队首先攻打了舒乐镇。舒乐镇北通汤原，南达依兰，西接通河，地处交通要道。镇里驻有日军守备队一个小队，还有伪军和警察200多人。赵尚志详细侦察敌情之后，组织了70人的手枪队，化装成伐木工人潜入镇内，封锁了守备队、伪军、警察队驻地。中午12点，里应外合发起进攻，歼灭全部守敌，俘虏日军30多人，伪军80多人，缴枪300多支，拔掉了敌人的这个重要据点。赵尚志率队继续西进，到达八浪河谷，又歼灭了伪军一个连和一个警察队，击毙了日参事官以下一批日伪军。1936年初夏，远征部队顺利到达了木兰县蒙古山

虎将兴关外　抗倭统雄师

——抗联英雄赵尚志

一带，破坏了敌人新归并的"集团部落"，缴了一些保甲警察和大排队的武装，并收编了在这一地区活动的40多支义勇军小部队，在松花江北岸的广大地区点燃了抗日烈火，与江南活动的第三军第二、三团遥相呼应。江北敌人对此大为惊恐，慌忙从哈尔滨和佳木斯调动重兵集结于滨北线一带，妄图消灭赵尚志的远征队。但是，赵尚志采取机动灵活的战术，避开敌人的大部队，先以小部队四处出击，随后又把部队迅速地带回汤原游击根据地进行休整。

由于赵尚志卓越的指挥才能和细致的组织工作，这一年，第三军在战斗中取得了重大胜利，队伍得到迅速发展，在原有6个团的基础上扩编成7个师，共6000多人，其中基干队伍1500人。

艰苦奋斗　转战黑嫩平原

　　1935年8月1日，中国共产党驻共产国际代表团草拟了《中国苏维埃政府、中国共产党中央为抗日救国告全体同胞书》（即《八一宣言》），10月1日以中华苏维埃共和国中央政府和中国共产党中央委员会的名义在法国巴黎出版的《救国报》上发表。宣言号召全国人民团结起来，停止内战，抗日救国，组织国防政府和抗日联军。这个宣言对推动抗日统一战线工作和抗日救亡运动，起了积极作用。1936年8月1日，根据1935年8月中共中央发表的《八一宣言》提出的联合一切抗日力量建立抗日统一战线精神，赵尚志又将在抗日游击战争中不断发展壮大的东北人民革命军第三军正式改编为东北抗日联军第三军。第三军下辖6个师。后又增编4个师，全军10个师约有6000人。军长赵尚志，政治部主任李兆麟。在松花江两岸与日伪军积极作战，沉重打击敌人，取得重大战果。东北抗联第三军的建立，不仅标志着东北人民革命军又有了新的发展，也表明由中国共产党领导的抗日武装在东北大地正在不断地成长、壮大，党领导的人民抗日军队已在东北抗日游击运动中成为中坚、骨干和核心力量。

虎将兴关外　抗倭统雄师

日本侵略者总结了过去军事"讨伐"失败的教训，提出了所谓"治标、治本相结合"的更加惨无人道的策略。从1936年开始了新的"三年治安肃正计划"。他们在继续军事"讨伐"的同时，强迫推行"集团部落"政策，在根据地大肆烧杀，妄图实现所谓的"匪民分离"，以割断抗联和群众的联系。然后集中兵力把抗联第三军等聚歼在汤原地区。

为了粉碎敌人的阴谋，北满临时省委决定，赵尚志指挥第三军在跳出敌人包围圈后，以主力部队西征，开辟小兴安岭和黑嫩平原的新游击区，其他部队四处出击，掩护主力行动。1936年9月底，赵尚志派李熙山率领第一师200多人为先遣队，开往铁力，为主力西征准备给养。11月，又调第二、三师过松花江北移，

东北抗日联军第一、第二、第三路军

1936年7月末，东北抗日联军第一路军成立，由原东北抗日联军第一、二军编成。杨靖宇任总司令兼政委，王德泰任副总司令，魏拯民任政治部主任。

1937年10月，东北抗日联军第二路军成立，由东北抗日联军第四、第五、第七、第八、第十军编成。周保中任总指挥兼政委（1940年2月在苏联训练营又任命赵尚志任副总指挥），崔石泉（即崔庸键）任参谋长。

1939年5月，东北抗日联军第三路军成立，由原东北抗日联军第三、第六、第九、第十一军编成。张寿篯（李兆麟）任总指挥，冯仲云任政治委员，许亨植任总参谋长。

虎将兴关外　抗倭统雄师
——抗联英雄赵尚志

第九师从庆城北进集结到铁力活动。不久，赵尚志率领司令部直属队和第一、五师的一部分混编的500多人的骑兵队，从汤原县岭西出发开始西征，于12月到达铁力与先头部队会师。此时，先头部队在庆城、铁力地区的群众工作，已经打开了局面。赵尚志决定留下一部分部队在这里继续活动，由他率司令部直属队和部分主力继续西征。一天，队伍到达海伦县冰趟子附近，正在几处炭窑、木营旁休息时，接到群众报告：有1500多日伪军进山"讨伐"。敌我力量对比看相差很悬殊，但赵尚志仔细观察我军所处的有利地形之后，果断地决定打一次伏击战，消灭这股敌人。他立即调动队伍，从山口到谷地布置了一个"口袋"阵，并派一个班到山口引诱敌人。不出赵尚志的预料，敌人都被诱入"口袋"。上午10点多钟，赵尚志的枪响了，接着，机枪、步枪一齐开火。沟里是一片冰川，敌人

北京平西人民抗日战争纪念馆

铁血英魂

缅怀战友赵尚志

乙酉夏

韩光

毫无藏身之处，被我军打得一批一批倒下去，活着的敌人有的趴在冰上不敢动，有的调头往回跑。敌军官疯狂嚎叫着命令冲锋，但敌兵刚从冰上爬起来就被我军打倒。3月7日傍晚，日军竹内部队守田大尉率日伪军800余人，

拓展阅读
TUOZHAN
YUEDU

辽宁省朝阳市尚志公园

1908年10月26日，赵尚志出生在辽宁省朝阳县喇嘛沟村的一户农家。

赵尚志的浩然正气与革命精神激励着千千万万的后来者。2008年10月25日下午，在赵尚志的家乡，尚志公园落成。为纪念赵尚志将军100周年诞辰，辽宁省朝阳市在西梁建成尚志公园。

虎将兴关外　抗倭统雄师
——抗联英雄赵尚志

沿山沟口向"冰趟子"木营攻击前进。一群伪军首先被打退，接着约200名日军在机枪和炮火的掩护下，向木营凶猛地扑来。山路、冰层上布满了敌人。我军六挺机枪同时向敌人开火，子弹、手榴弹雨点般地飞向敌群。日本鬼子倒下一排，又一排冲了上来。受伤的日本兵也趴在冰面上继续射击。战斗异常激烈。随着敌人后援部队的不断到来，敌人更猛烈地发动了第二次、第三次进攻。沟里冰趟子上的敌人趴着不敢动，有的掉头就跑，日军指挥官狂舞战刀命令冲锋。为了牵制敌人，减轻正面部队压力，赵尚志派多股小部队，从两侧密林和北部河沟中拦腰突袭敌人。敌人仗着人

拓展阅读 TUOZHAN YUEDU

黑水白山·调寄满江红

赵尚志（1936年）

黑水白山，被凶残日寇强占。我中华无辜男儿，备受摧残。血染山河尸遍野，贫困流离怨载天。想故国庄园无复见，泪潸然。

争自由，誓抗战，效马援，裹尸还。看拼斗疆场，军威赫显。冰天雪地矢壮志，霜夜凄雨勇倍添。待光复东北凯旋日，慰轩辕。

多势众，武器精良，集中攻打正面木营。20多名日军一度占领了左侧一个木营。赵尚志大声命令少年连，趁日军立足未稳，坚决夺回这个阵地。少年连两个班战士，在排长赵有财的带领下，与敌人展开激烈的搏斗。左侧木营终于失而复得。

战斗一直打到晚上，气温迅速下降，枪支冻得打不响，士兵的手指冻得麻木不能弯曲扣扳机。战士们就轮流到木营屋内火炉旁烤手、烤枪，然后继续投入战斗。天慢慢地黑了下来，趴在冰雪中的日本兵冻得无力还击，加上冰上又滑，不敢前进，枪声渐渐稀落。此时，赵尚志估计敌人将要撤退，于是命令部队加强沟口堵击力量。果然不出所料，敌人停止攻击，开始

撤退。我抗联战士在沟口处与敌人激战一小时，又杀伤了大批的日伪军。日落时分，我军发起冲锋，在冰上趴了一天的敌人已经冻得站不起来，战斗顺利结束。此役共消灭敌人300多人，其中包括日军指挥官7人。

冰趟子战斗后，赵尚志决定张光迪率第六师留在海伦一带活动，他率150多人继续向通北（今属北安）前进。他们冒着零下40多度的严寒，在林海雪原里艰苦跋涉。他们爬冰卧雪，忍饥耐寒，粮食断了，吃马肉，马肉吃完了，就吃马皮，甚至一连挨饿几天。特别是年仅十几岁的少年连战士，表现最为勇敢。他们以欢乐的歌声抵御着饥饿和严寒，战胜了一个又一个难以想象的困难。远征队越过小兴安岭，一直征战到逊克地区。一天，赵尚志与战士们在山上篝火宿营。由于长期行军，过于疲

东北创建最早的党报《大连日报》于1946年7月7日出版的首个特辑（特刊）——《东北抗日联军》。该特辑十六开本，保存完好，专家认为，它对研究东北抗日联军及东北抗日史具有重要价值。

劳，连布置在山口处站岗放哨的6名战士也睡着了。夜半，敌人向我宿营地突然发动袭击。我军指战员被枪声惊醒后，奋不顾身与敌人拼搏冲出重围。他率部回到了汤原游击根据地，开始新的战斗。

从松花江两岸到黑嫩平原，纵横数千里，大小百余战，攻克了20多座城镇，歼敌8000余人。南满杨靖宇，北满赵尚志，东北战场的抗日烈火烧得敌人焦头烂额。毛泽东曾赞扬说："有名的义勇军领袖杨靖宇、赵尚志、李红光等等，他们都是共产党员，他们的坚决抗日，艰苦奋斗的战绩，是人们所共知的"。

T拓展阅读
UOZHAN
YUEDU

经历曲折却矢志不渝

赵尚志的一生极为坎坷。他曾三次被敌人逮捕（1927年3月、1930年4月和1933年1月）；三次身陷囹圄（1927年入沈阳第一监狱，1930年4月入沈阳监狱，1938年在苏联内务部禁闭室）；一次赴刑场陪决（1927年4月）；两次被错误开除党籍（1932年和1940年）；三次被撤销职权（1932年、1938年和1940年）。

然而无论身处何种逆境，他从未丧失抗日的决心和信念。他的崇高品质和顽强意志在这些考验中充分表现出来并得到升华。

没有国哪有脸

赵尚志曾有名言："没有国哪有脸"，发誓不赶走日寇，不结婚、不洗脸。其英雄主义气概，令日寇闻风丧胆。赵尚志骁勇善战，中共中央发表的《八一宣言》中，称赞他为民族英雄。

冰趟子战斗

1936年，在军长赵尚志同志指挥下，抗联第三军巧妙地与敌人周旋，胜利地粉碎了敌人的一次次"讨伐"。这一年的初冬，部队继续向北挺进，到达海伦县，进了山区，打了一场漂亮的伏击战。打死日军200多人，缴获了机枪、掷弹筒、步枪、大批子弹和棉衣。打扫完战场，天已黑了。晚饭后，赵尚志说："同志们，咱们刚才给鬼子一个不小的打击，他们不是会甘心的，一定还会来报复。今晚咱们不能住在这儿，要继续往山里走，只有将鬼子诱进山里打，才能取得胜利。同志们，一定要让鬼子再来尝尝咱们抗联战士的厉害！"

在赵尚志率领下，部队连夜向山里行军，走了数里地后，面前出现了四幢伐木工住的木营。部队住进木营后，赵尚志召集了一次班以上干部会议。赵尚志在会上介绍说："我们现在待的地方叫冰趟子。这里的地形不错，易守难攻，沟的两侧是山林，可以设埋伏，沟口处很窄，我们埋伏上人，既可以截断敌人的退路，又可以打敌人的增援。所以，只要我们能固守阵地，日本鬼子就像秃头上的虱子无处藏身。别说他五十（武士）道精神，就是六十道、七十道也不成！同志们，要是真能来他二三千鬼子，那咱可就不愁没有棉衣过冬喽！"一席话，说得大家喜笑颜开，兴高采烈，齐声喊"好！"

接着赵尚志命令各部队占领有利地形，并要求两天内把阵地构筑好。部队按时修好了阵地，并用雪在阵地间垒起了交通壕。赵尚志又让部队在阵地前浇水结冰，阻止鬼子兵爬上来。一切准备就绪后，大家轮流放哨，等着鬼子自投罗网。

第三天拂晓，一阵"轰轰"的炮声把战士从梦中惊醒，"鬼子来了！"大家立即各就各位，做好了战斗准备。九点钟左右，成四路纵队的约有1500人左右的鬼子，杀气腾腾地开进了山沟。大概是前次吃了亏的缘故，这次鬼子也学乖了，凡是有密林的地方，他们都先打炮，然后在炮火的掩护下向我军阵地接近。面对武器好、人数又多于我军的日寇，全体抗联战士面无惧色，士气高昂，早已把生死置之度外，准备和鬼子大战一场。

鬼子进入冰趟子后，排着队形向木营阵地扑来，但他们在阵地前的冰上尽栽跟头，队形很快就乱了，成了黄乎乎的一大片。就在这时，赵尚志大喊一声："打！"顿时，步枪、机枪、掷弹筒一起向敌人射击，直打得鬼子在冰上乱滚乱爬，冰雪被染成了红色。

战斗打得十分残酷。直到太阳快要落山的时候，鬼子的进攻仍然毫无进展。枪炮声逐渐稀落起来。这时，赵尚志估计，鬼子在天黑时很可能突围，于是抽调一部分兵力加强了沟口处力量。果然不出所料，夜幕降临时，敌人开始行动了，他们集中火力不顾一切地向沟外突围，我军全部出动，奋力追击，在夜色中又打了一个多小时，杀伤了大批敌人。

战斗结束后，赵尚志下令连夜打扫战场，一直忙到天亮。战斗的结果，消灭日寇300多人，俘虏十几名日军官兵，缴获1挺九二式重机枪和其他大批武器药，还缴获一些敌人拉给养的爬犁和一批大米、猪肉。

冰趟子战斗，是抗联第三军建立以来所取得的最大的一次胜利。它是在装备上敌优我劣、力量上敌强我弱的形势下，我军充分利用有利地形，采用巧妙伏击战法，发扬英勇顽强的精神，消灭大量日寇的典范战例。这次胜利，大长了中国人民的志气，大灭了日本鬼子的威风！

电视连续剧《赵尚志》

八集电视连续剧《赵尚志》，以艺术化的手法刻画了赵尚志将军的光辉业绩和伟大精神，生动地再现了民族英雄、共产党员赵尚志在 1932—1940 年带领东北抗日联军，于白山黑水间、于林海雪原中，英勇抗击日本法西斯侵略者，用鲜血和生命谱写的一曲捍卫祖国领土完整和民族尊严的正义之歌。该剧获得了中宣部"五个一工程"奖，是一部优秀的电视剧作品。特别是这部电视剧的两首主题歌《嫂子颂》和《亚布力烟》，同时期广为传唱。

通过这部电视剧，能使我们对赵尚志将军战斗的一生有一个感性的了解，缅怀我们的英雄，更加珍惜来之不易的今天。

血洒边疆　英魂名垂千古

　　1937年7月7日，日本帝国主义为了把中国变成它的独占殖民地而制造了"卢沟桥事变"，中国军民从此开始了全国抗战。

　　"七七事变"后形成全国抗战的新局面，使东北抗日军民的情绪更加高涨。为了配合全国抗战，赵尚志把抗联第三军第一、三、五师部署在松花江右岸依兰东部一带，四师在宝清等地开展对敌斗争，他们的斗争与吉东抗联部队相呼应，紧密连在一起，使敌人不得安宁。三军九师活动在汤原西部，在7月至10月的4个月时间里，毙敌百余名，其中日军七八十人；俘敌

赵尚志在梧桐河警察所中的脚镣

数百人；缴获日伪军步枪百余支，轻重机枪6挺，炮1门，子弹数万发。

在此期间，抗联第六军主力部队经过远征到达绥棱、海伦抗日游击区。之后，与三军六师部队相配合，共同进攻了海伦县叶家窝堡敌人据点，攻占了侯家大屯，摧毁了伪警察署。7月27日，三军六师部队与日军栗元部队在海伦县李刚烧锅屯展开遭遇战，击毁敌汽车2辆，歼敌30人，缴九二式重机枪1挺，子弹3000余发。与此同时，另一支三、六军联合部队（三军四师与六军二师）组成模范师，挺进饶河、抚远境内，与抗联七军相配合，在乌苏里江沿岸不断袭击敌人据点，接连打开国福镇、蒿通镇、海青镇，取得了一系列战斗的胜利。

　　为了进一步动员民众，利用全国抗战的大好时机，把群众进一步组织起来，武装起来，赵尚志在本年的8月20日至24日，召集了北满抗日联军军政联席会议。会议决定为配合全国抗战，在"九一八"国耻日组织爱国群众举行抗日反满大暴动，以掀起新的抗日斗争浪潮。

　　"九一八"，这是一个灾难的日子。从这一天起，日本帝国主义在东北大地烧、杀、奸淫、抢掠已经6年了。6年间，沦于灾难深渊的东北人民，不畏日本侵略者的高压，始终没有屈服过。为了不当亡国奴，免受牛马不如的生活，他们在全国抗战的鼓舞下，反抗情绪日益增强，无时不在翘首盼望早日实现民族解放。

　　1937年9月18日，松花江下游汤原县的桦区、龙区、鹤区、汤区等数千名群众，在抗联六军三师的配合下，手持长矛、大刀、土枪、洋炮，分别集会，举行了声势浩大的抗日反满大暴动。暴动群众愤怒高呼"抗日救国大团结万岁！""把日本侵略者赶出中国去！"的口号，散发《告同胞书》等标语、传单。号召人民群

尚志碑林

众迅速行动起来，开展各种形式的抗日反满斗争。

会后，暴动群众进行了示威游行。深夜，广大群众按照暴动计划拆毁了汤原至莲江口、二保至鹤立等地的铁路、公路桥梁6座。暴动的群众还曾两次派人到日军守备队驻地丁家粉房送挑战书，以引蛇出洞，消灭这股敌人。但日军守备队听到群众暴动的消息后吓得丢魂丧胆，龟缩在丁家粉房大院里一动也不敢动。日军守备队头目明越更是惊恐不安，如同热锅上的蚂蚁一样，团团乱转。20日深夜，明越率领部下脱掉军服，换上老百姓的服装，化装出逃，跑回汤原县城。次日抗日军民将象征着胜利的红旗插在丁家粉房的大门上。暴动持续两昼夜，其声势、规模之大，范围、影响之广，是九一八事变后在东北少见的。这次暴动不

日寇悬赏捉拿赵尚志的布告残片

仅使北满地区，也使整个东北地区的抗日民众深受鼓舞。赵尚志等领导的东北抗日联军有力地配合了全国的抗日战争。

东北人民的抗日斗争是艰难曲折的。1939年7、8月间，赵尚志出

席了在苏联伯力（今属俄罗斯）举行的中共吉东、北满省委代表联席会议（亦称"伯力会议"）。伯力会议的参加者为吉东省委代表周保中，北满省委代表冯仲云和赵尚志。这次会议的主要目的：一是总结东北抗日游击运动的经验，解决吉东和北满党组织内部争论问题，确定今后抗日斗争的任务、方针、策略；二是谋求通过苏联寻求与中共中央的联系及争取苏联在政治、组织、军事上对抗日联军以实际援助。会议达到了预期目的，赵尚志为这次会议取得的成果感到高兴。但是，就在这期间传来了一个意想不到的消息，使赵尚志的心情又沉重起来。

1940年初，由于叛徒利用我东北地方党内的一些矛盾，大肆制造赵尚志不满和企图伤害省委的谣言。北满省委在"左"倾思想的干扰下未经调查而轻率地作出了"永远开除赵尚志党籍"的决定。在这份《关于永远开除赵尚志党籍的决定》中，指出把赵尚志永远开除出党的原因在于他犯有三大严重错误：一、赵尚志1936年在党的会议上反对中共中央路线，反对王（明）康（生）指示信；二、实行"左"倾关门主义路线；三、怀疑北满省委主要负责同志为党内奸细，并密谋捕杀北满省委负责人。他对这突如其来的消息感到震惊。但他依然坚信共产主义，坚持自己的正确主

张。他一面积极向中央申诉，一面坚决要求重返抗日战场。

1941年秋，苏联有关方面同意了他的要求，允许他带5个人的小分队，回东北活动。赵尚志一到东北就向周围的同志们说："我死也要死在东北的战场上。"他计划要重新组织起打不散的抗日队伍，消灭日军，为解放东北而战斗。但这时东北的形势更加险恶。日本的关东军正进行特别大演习，百万敌军遍布各地，汉奸、特务、密探活动十分猖獗。我抗联的部队大部被敌人打散了，只有一些小部队在分散活动。

由于1940年至1941年秋赵尚志滞留在苏联，所以作为敌人追踪、捕杀重要目标的赵尚志在敌人的情报线索网络上，已失踪一年多了。赵尚志的这次出现是为敌人所始料不及的。因此，引起了敌人的极大注意。敌人特务机关得到赵尚志活动的情报后，进行了7天的搜山讨伐，但没有发现赵尚志的踪迹。后驻鹤岗日军部队长策划派遣特务打进赵尚志的小分队，伺机诱捕或杀害他。敌人的阴谋终于得手……

1942年1月，日军探听到赵尚志正在鹤立、汤原

日伪三江省警务厅关于枪杀原东北抗日联军总指挥赵尚志的档案

田井久二郎对谋杀赵尚志"负全部责任"的认罪书

赵尚志负伤被捕地吕家菜园子

一带活动，立即派兵包围了那里，但7天的搜山"讨伐"，却没有发现赵尚志踪迹。这时，鹤岗日军的林大佐，精心策划了一个诱捕赵尚志的计谋。在林大佐的安排下，汉奸特务刘德山化装成一个进山收购山货的商人。刘德山和赵尚志的一个部下过去曾经相识，他利用这个身份，找到了赵尚志，并被收留下来。刘德山花言巧语，引诱赵尚志去攻打梧桐伪警察所。赵尚志歼敌心切，中了这个特务的圈套。

2月12日，赵尚志率队前往梧桐。走到离警察所不远的地方，刘德山突然拔枪向赵尚志射击，赵尚志在毫无防备的情况下，被刘德山打中腹部，赵尚志知道上了敌人的当，立即开枪将刘德山击毙。枪声响后，埋伏在周围的敌人立即冲了过来。赵尚志伤势很重，知道自己已不能冲出敌人的包围。他把身上文件包交给身边的战友，命令他尽力冲出去，自己则咬牙忍着伤痛，掩护战友突围。他不断地向敌人射击，最后因失血太多昏了过去，终于被敌人抓住。

敌人把赵尚志抬到警察所，一边抢救，一边审讯。赵尚志醒来后，见审讯他的是一个伪警官，立即气愤地说："你们是中国人吗？你们出卖祖国，犯下了罪行，还不觉得可耻吗？我一个人死去，这没有什么。但要知道，抗联是杀不完的！"他不断地痛骂敌人汉奸，而对自己的伤痛，始终没有发出一点呻吟，连敌人后来都不得不佩服，说他真不愧是有尊严的"大匪首"。赵尚志被捕后，怀着对祖国的无限热爱和对日本侵略者及其走狗的极端仇恨，英勇地牺牲了。当时，他年仅34岁。

赵尚志同志牺牲了，但是他的爱国精神却永载史册，鼓舞着亿万中国人民为捍卫国家主权、争取民族独立而不懈地战斗。

为了纪念这位不朽的民族英雄，东北解放后，人民政府将原珠河县改称尚志县（今黑龙江省尚志市），将哈尔滨市的一条主要街道命名为尚志大街，烈士遇难的梧桐河村改名为尚志村，其事迹陈列于东北烈士纪念馆。1982年，经中共黑龙江省委决定恢复了英雄的党籍，并在尚志县城建立了尚志将军纪念馆。

一代民族英雄赵尚志，他的浩然正气与革命精神，将永存人间，激励着千千万万个后来者为中华民族的独立、富强而奋斗不息！

被苏联边防军关押

1937年2月，退入苏联境内的抗联人员给赵尚志与北满临时省委一个口信：苏联远东军区司令部要求东北抗联领导人去苏商谈重大问题。北满临委决定由赵尚志赴苏。因此，1938年1月凌晨，赵尚志带了警卫，越过黑龙江冰冻河面，踏入苏境。

谁知过境后，即被苏边防军拘押，经说明，苏军方竟说没有邀请一事，赵等六人属非法入境，缴去武器，第二天，押往伯力禁闭关押。直到1939年6月，苏军才承认赵尚志的抗日联合军总司令的身份，并要赵尚志与苏军远东军区合作，提供东北境内日军的情报。

赵尚志出狱后，即刻又组织了在苏抗联人员百余人，重返东北抗日战场。

虎将兴关外　抗倭统雄师
——抗联英雄赵尚志

赵尚志生命最后三个月："死也要死在东北"

苏德战争打响后，苏方考虑到日军有可能由中国东北北进，在这种背景下，同意了赵尚志回东北抗战的请求，并要求这支小部队过界三个月之后，不管情形如何，都必须回苏联。

赵尚志一行经过四天高山密林中的艰苦跋涉，来到梧桐河上游老白山地区。此后他对苏联方面对形势的分析表示怀疑，决定不按计划返回苏联，并坚定地和战友们说："我死也要死在东北""宁肯死在东北抗日战场，也不回苏联"，表达了他要在东北将抗日斗争进行到底的决心。

赵尚志烈士遇难地

1942年2月12日，赵尚志中了混入抗联队伍的特务刘德山之计，率部袭击梧桐河伪警察分驻所，行至距目的地2公里的吕家菜园子附近时，刘德山突然从背后开枪，击中赵尚志腰部。赵尚志回身将其击毙。负伤的赵尚志在吕家菜园子的窝棚中休息时，遭遇伪警察队袭击，被俘。8小时后，在梧桐河伪警察分驻所殉难，年仅34岁。

在鹤岗市宝泉岭农场20队(尚志村)，有一块石碑。石碑正面是陈雷题字："铁骨忠魂"，背面是"赵尚志将军殉难地志铭"，简略述说赵尚志为国捐躯的经过，并指明地点是"梧桐河村(今尚志村)"。石碑为中共萝北县委、县人民政府1984年10月5日设立。这个石碑并不是最初的遇难地，是为了人们方便纪念英烈，将原址向北平移2公里，迁到这里的。

步行1公里，涉水而过一条小河，继续步行

1公里蹚过湿地以及高过人头的草地，穿过丛林，终于可见赵尚志殉国地的标志：一块100厘米高、70厘米宽的天然石头。石头湮没于乱草之中，上面刻着"赵尚志将军遇难之地"。

革命家庭

赵尚志一家是闻名于世的革命家庭。他有一个伟大的父亲。他的兄弟姊妹相继都走上革命道路。在抗日战争年代里，赵尚志在东北抗日游击根据地，赵尚朴在晋绥抗日根据地，赵尚武在晋察冀根据地，分别与日寇英勇作战。赵尚志和四弟赵尚武为国壮烈捐躯。赵尚志一家赢得了"一门忠义，气节可风""义门忠烈"和"满门革命"等美誉，青史留名。

赵尚志烈士头骨的发现过程

原沈阳军区政治部电视艺术中心编导姜宝才曾在一份档案中得知，准备焚烧赵尚志的头颅时，长春般若寺的住持倓虚出面请求将赵尚志的头颅掩埋在般若寺内。改革开放后，因倓虚法师作古，赵尚志的头颅没有找到。

2004年6月1日，姜宝才到长春般若寺。刚到寺院，就被一位僧人告知，寺院修缮围墙时，在后院北墙下挖出了一枚无名头骨，后又埋到了长春市远郊的净月潭公园山坡上。姜宝才将此事迅速告知了远在哈尔滨的抗联老战士李敏。2004年6月2日下午3时，姜宝才等人终于找回了头骨。

2004年12月17日，经公安部第二研究所张继宗、纪元教授对头骨的鉴定，结果为：系入土50年以上的陈旧性骨骼；男性；年龄范围31—36岁之间；身高160—163厘米之间；颅骨左侧的骨质缺损，系死者生前骨骼损伤后的病理

虎将兴关外　抗倭统雄师

——抗联英雄赵尚志

拓展阅读
TUOZHAN
YUEDU

改变所致……

　　同时根据颅骨造型分析形成的电脑复原像，其相貌也得到了赵尚志的胞妹赵尚文和赵尚志老部下陈雷及其夫人李敏等的认可。

赵尚志烈士陵园

建在朝阳县尚志乡尚志村,"赵尚志烈士陵园"七字由军委原副主席张万年题写,纪念碑题字"赵尚志烈士永垂不朽"由军委原副主席迟浩田题写。

陵园由墓室、塑像、纪念碑、广场、陵园门、环境绿化区等构成。纪念碑高十四米,寓意东北十四年抗战胜利;墓室由黑白大理石罩面,寓意赵尚志一生战斗在黑水白山之间。

中华魂·百部爱国故事丛书
提　要

《誓与禁烟相始终——民族英雄林则徐》

　　林则徐严禁鸦片，坚决抵抗西方列强的侵略，坚持维护国家主权和民族利益。他是中国近代历史上第一位睁眼看世界的人，是抗击帝国主义殖民侵略的第一人，是中华民族抵御外侮过程中伟大的民族英雄。

《血洒虎门御敌寇——抗英将军关天培》

　　民族英雄关天培，在第一次鸦片战争中为了抗击英国侵略者的入侵而血洒虎门，为国捐躯，谱写了一曲可歌可泣的英雄赞歌。关天培用他的生命，书写了中国人民反抗外侮的历史。

《威震镇海靖节魂——抗敌英雄裕谦》

　　在第一次鸦片战争期间的众多牺牲者中，有一位官阶最高，他就是两江总督裕谦。裕谦与外国侵略者斗争立场坚定，与国内妥协派、投降派斗争态度坚决。裕谦督战镇海，与英国侵略军浴血奋战，临危不惧，以身报国，浩气长存。

《斩邪留正解民悬——太平天国领袖洪秀全》

　　农民出身的洪秀全，从失意文人到起义领袖，经历了长期的思想演变过程，在外敌入侵、清朝政府腐朽的历史环境之下，顺应时代的潮流，成长为一位非凡的历史英雄人物，建立了与清朝政府相抗衡的农民政权——太平天国。

《仰承汉唐　荟萃中外——近代数学家李善兰》

李善兰是我国19世纪重要的科学家之一，在数学、天文学、力学等方面都有重大建树。他继承了我国古代数学的成就，又以极大的热情传播西方科学文化，"仰承汉唐，荟萃中外"，把自己的一生献给了科学事业。

《严谨治学　勇于探索——近代著名数学家华蘅芳》

华蘅芳，中国近代数学家之一。其精通中国古算学，并熟练掌握西方近代数学，是中国验证抛物线并著书立说的参与者。为了证明"外国有的，中国也能造"而鞠躬尽瘁，在引进西方科学技术、传播科学知识上贡献卓著。

《折冲樽俎护山河——近代著名外交家曾纪泽》

曾纪泽是中国近代史上著名的爱国外交家，在中俄伊犁交涉事件中，他秉承抵抗列强、保卫国家的坚定意志，利用外交手段全力同沙俄抗争，捍卫了国家主权、民族尊严，收回了祖国的领土，在近代中国外交史上留下了光辉的一页。

《甲午海战留英名——民族英雄邓世昌》

邓世昌，北洋水师名将。本书以邓世昌的成长过程为线索，以代表性的历史故事为主要内容，还原真实的历史事件，突出鲜明的人物性格。邓世昌因在中日甲午海战中突出的英雄气概而名垂史册，书写了伟大的爱国主义篇章。

《誓与舰队共存亡——北洋水师提督丁汝昌》

丁汝昌处在清朝政府的腐朽和李鸿章的专断下，难以施展爱国的抱负，壮志未酬，愤恨而终。但丁汝昌为建立近代海军作出的巨大贡献，带领北洋舰队爱国官兵勇抗强敌的英雄事迹，将永远为后代所传颂。

《镇南关上凯歌扬——抗法老英雄冯子材》

1885年中法战争中，年逾古稀的冯子材为抵御外国侵略，勇赴国

难，大败法军于镇南关，并乘胜追击，接连收复文渊、谅山等地，从根本上扭转了中法战争的局面，成为近代民族英雄的杰出代表。

《屡败法军逞英豪——黑旗军将领刘永福》

刘永福是黑旗军的创建者，是农民出身的杰出军事家、政治活动家。在19世纪发生的援越抗法、中法战争中，他率部与帝国主义侵略者进行了殊死的战斗，建立了卓越的功勋，成为我国近代史上著名的民族英雄，为后世所景仰。

《矢志变法强国家——戊戌变法领袖康有为》

康有为是清末民初最有影响力的思想家之一。他领导了中国知识界的启蒙运动，掀起了一场自上而下的政体改革。他最早在中国提出了立宪政体和具体的宪政方案，主张在坚持儒家传统和帝制的前提下，学习西方经验，他的进步思想对近代中国具有深远的影响。

《开民智以报国　普新知而图强——戊戌变法思想家梁启超》

梁启超，中国近代史上著名的政治活动家、启蒙思想家、史学家、文学家，戊戌变法领袖之一。本书以百日维新思想家梁启超的成长过程为线索，以代表性的历史故事为主要内容，还原真实的历史事件，突出鲜明的人物性格。

《我自横刀向天笑——维新志士谭嗣同》

谭嗣同在民族危机的严重时刻，投身改革救中国的洪流。为了带给祖国一个光明的未来，紧要关头，他挺身而出，用自己的鲜血激励后人，把宝贵的生命献给了变法事业。

《睡乡敢遣警世钟——用生命警策国人的陈天华》

陈天华是民主革命的活动家和宣传家。他写的《猛回头》《警世钟》等书，起到了革命启蒙的重大作用。为了激发留日学生的爱国情怀，他不惜投海自杀，演出了近代史上感人至深的一幕，给后人留下了难忘的印象。

《革命军中马前卒——民主斗士邹容》

革命乃"至尊极高，独一无二，伟大绝伦之一目的"；它是"天演之公例，世界之公理，顺乎天而应乎人"的伟大行动。因此，必须"仗义群兴革命军"。他激情高呼："革命独子万岁！中华共和国万岁！"这就是《革命军》的作者，中国近代著名资产阶级革命宣传家邹容。

《休言女子非英物——鉴湖女侠秋瑾》

为民族解放和妇女解放而英勇斗争的秋瑾，冲破封建礼教的思想牢笼，打碎封建精神枷锁，崇仰真理，追求光明，主张共和，坚持男女平等，最终献出了自己年轻的生命。

《血溅校场　杀身成仁——民主斗士徐锡麟》

本书讲述了反清志士徐锡麟弃文从武、投身反清革命事业，最终被清政府杀害的故事。出于对国家的热爱，徐锡麟献出自己的生命，他的事迹将永远激励后人深切缅怀这位民主革命的先驱。

《生可死耳　我志长存——献身民主的禹之谟》

禹之谟，民主革命党人，同盟会会员，近代资产阶级革命家、实业家。1886年，20岁的禹之谟"提三尺剑，挟一卷书"游历四方，研究西方社会政治学说，忧国忧民之心日趋强烈。戊戌变法失败，他丢掉改良幻想，倡革命救亡之说，走上民主革命道路。

《物竞天择　适者生存——资产阶级启蒙思想家严复》

严复是中国近代著名的启蒙思想家、翻译家和教育家。他长期从事教育和翻译事业，为近代中国人才培养和思想启蒙做出了重要贡献，同时他也为中国的翻译事业和中西思想文化交流做出了重要贡献。

《辛亥革命急先锋——资产阶级革命家黄兴》

黄兴，清末民初资产阶级革命家，中华民国开国元勋。黄兴在武昌首义及辛亥革命时期的爱国表现，与孙中山闻名于当时，常被时人以"孙黄"并称。本书以资产阶级革命活动实干家黄兴的成长过程为线索，歌颂了先辈伟大的爱国主义精神。

《矢志革命　百折不回——近代民主革命家廖仲恺》

廖仲恺追随孙中山踏上了创立民国与捍卫共和制的旧民主主义革命

虎将兴关外　抗倭统雄师

之路；在新民主主义革命时期，他为建立、巩固首次国共合作和实施三大政策，英勇奋斗，为国殉职，洒尽了一腔热血。

《将军拔剑南天起——护国英雄蔡锷》

蔡锷是中国近代史上的杰出军事家、爱国者。他的一生短暂而伟大。辛亥革命爆发，他毅然投身于革命洪流之中，领导云南重九起义，对武昌起义积极响应。袁世凯窃国复辟、恢复帝制的阴谋暴露出来以后，他又毅然举起了武装讨袁的旗帜。

《反帝反封建运动——五四青年的爱国故事》

五四运动是一次伟大的反帝反封建的爱国运动；是一个伟大的历史转折点；是中国人民的斗争从挫折走向胜利的一个关节点，它为中国的前进开辟了一条全新的道路，拉开了中国新民主主义革命的序幕。

《思想自由　兼容并包——著名教育家蔡元培》

蔡元培是中国近现代著名的民主革命家和教育家，一生经历风雨，却始终信守爱国和民主的政治理念，致力于废除封建主义的教育制度，奠定了我国新式教育制度的基础，为我国教育、文化、科学事业的发展做出了富有开创性的贡献。

《为国家争光　为民族争气——中国铁路之父詹天佑》

詹天佑是我国最早的杰出铁道工程师，因主持建造京张铁路而闻名中外，被誉为"中国铁路之父"。他为祖国的铁路事业贡献了毕生的精力。本书向读者展示了詹天佑热爱祖国、科技兴国的辉煌人生。

《实业救国　衣被天下——轻工之父张謇》

张謇是爱国实业家、教育家。他年轻时中过状元。过了40岁，开始投身工商实业活动中，他的名言是"富民强国之本在于工"。在南通，创办大生丝厂、银行等各种实业。并将创办实业的大部分所得投入教育。他的观点是，教育和实业一样，也是"富强之大本"。

《心向革命　追求光明——平民将军冯玉祥》

冯玉祥将军"是一位从旧军人转变而成的坚定的民主主义战士"。

抗日战争期间，他辗转各地，用实际行动积极抗战。日本战败投降后，他为了断绝美国的援蒋内战，又在美国四处演说，揭露蒋介石统治之黑暗，痛斥美国阴谋分裂中国的不良行为。

《刑场上的婚礼——革命烈士周文雍 陈铁军》

周文雍是广州起义的主要领导人之一。陈铁军出身于华侨商人家庭，却毅然投身革命洪流。1928年1月，两人接受派遣，回到广州假扮夫妻从事革命斗争，却不幸被捕。临刑前，两位烈士将敌人的枪声当作自己婚礼的礼炮，用生命和爱情谱写出一曲千古绝唱。

《星星之火 可以燎原——井冈山斗争的故事》

1927—1929年，毛泽东、朱德等老一辈革命家，在井冈山创建了农村革命根据地，进行了艰苦卓绝的斗争，建立了新型革命武装，点燃了工农武装革命之火，找到了农村包围城市最后夺取政权的中国革命的正确道路。

《新民学会的主要发起人——中国共产党早期革命家蔡和森》

蔡和森青年时期曾与毛泽东等人一起组织进步团体新民学会，参加五四运动，并在赴法国勤工俭学时研读大量马克思主义著作，回国后以满腔热忱投身革命事业，成为中国共产党早期重要的理论家和宣传家。

《威震黄浦江畔 高奏抗日壮歌——一·二八淞沪抗战》

面对日本侵略者的挑衅，十九路军在蒋光鼐、蔡廷锴的带领下，高举义旗，奋力一搏。一·二八淞沪抗战，是中国军人捍卫军人荣誉和祖国尊严所发出的吼声，谱写了一曲抗击日军侵略的英雄壮歌。

《将军恨不抗日死——慷慨就义的吉鸿昌》

在国难深重的20世纪30年代，吉鸿昌将军因拒绝执行国民党指示，坚决不打内战，被迫携眷出国"考察"。回国后，他加入中国共产党，组织了民众抗日同盟军，英勇打击日本侵略者，后于1934年11月被国民党反动派杀害。

《献身革命　甘于清贫——梅岭忠魂方志敏》

大革命失败后，方志敏凭着"两条半步枪"起家，身经百战，创建了赣东北革命根据地和红十军。本书真实记录了方志敏投身于革命、领导红军和敌人进行艰苦卓绝斗争的经历，歌颂了烈士贫贱不移、威武不屈、献身革命的高尚品质。

《奏响中华最强音——人民音乐家聂耳》

聂耳在他有限的生命中创作了数十首革命歌曲，在抗日救亡运动中，聂耳的这些歌曲产生了广泛深远的影响。他的音乐创作为中国无产阶级革命音乐的发展指明了方向，树立了榜样。

《横眉冷对千夫指——中国文化革命主将鲁迅》

鲁迅不但是伟大的文学家，而且是伟大的思想家和伟大的革命家。在那风雨如晦的黑暗年代里，他以笔为投枪，同一切帝国主义和反动派进行了顽强的战斗，为中国人民树立了一个不朽的丰碑。他是新文化战线上的一面光辉旗帜，是我们伟大民族的灵魂。

《铁流两万五千里——红军长征的故事》

红军长征是人类历史上的一次伟大的壮举。第五次反"围剿"失败后，中国工农红军的三大主力在极端艰难的条件下，突破国民党军队的围追堵截，进行了史无前例的战略大转移，总行程达两万五千里以上。途中发生了许多动人故事，至今令人难以忘怀。

《荣辱不移革命志——创建陕北红军的刘志丹》

刘志丹是杰出的无产阶级革命家、军事家，西北红军和西北革命根据地的主要创始人之一。他一生热爱人民，追求真理，英勇善战，百折不挠，艰苦奋斗，忠心赤胆，为创建红军和革命根据地、为中国人民的解放事业建立了不可磨灭的功勋。

《英名永存北平城——爱国将领佟麟阁　赵登禹》

1937年7月28日，日军向北平郊区发动进攻。第二十九军副军长佟麟阁奉命在南苑率部与日军苦战，腿部受伤，头部被敌机炸伤，壮烈殉国。第一三二师师长赵登禹指挥部队顽强抵抗日军，右臂中弹负伤，仍继续作战。后在转移途中遭日军截击而牺牲。

《八百壮士　四行仓库铸军魂——谢晋元和他的战友们》

八一三抗战，中国军人以血肉之躯揭开全面抗战的帷幕。这是一场血战，是中国军人不屈不挠的英雄诗篇，其中的八百壮士守四行，成为这首英雄颂歌中最动人、最凄美的音符。一曲四行保卫战，铸就了不屈的军魂。

《八女投江　气贯长虹——八位抗联女战士》

抗日战争时期，以冷云为首的东北抗日联军8名女战士，为捍卫民族尊严，面对凶残的日寇，镇定自若，宁死不屈，投江殉国，表现了中华民族同敌人血战到底的英雄气概。她们的光辉形象，激励着千千万万的后来人。

《艰苦抗战　威震敌胆——著名抗日英雄杨靖宇》

杨靖宇将军是我国著名的抗日民族英雄。曾先后担任磐石游击队政治委员、东北抗日联军第一军军长兼政委、抗日联军总司令等职。领导军民对日寇坚持了长达9个年头的艰苦卓绝的斗争，最终以身殉国。

《死也不当亡国奴——镜泊抗日英雄陈翰章》

陈翰章，从1932年8月投笔从戎，直到1940年12月8日为抗击日本侵略者，战死在镜泊湖畔。他在抗日疆场上奋战了九年，他那可歌可泣的英雄事迹将为人们永世传颂。

《名将殉国　气壮山河——抗日将军张自忠》

著名抗日将领、民族英雄张自忠，生于忧患的时代，抱有"宁为百夫长，胜作一书生"的志向，经历过失败与低谷，最终成就了慷慨人生。本书主要以人物活动为主，勾画出一个真正的"民族魂"鲜活的人生，会带给读者振奋的力量。

《宁死不辱战士名——狼牙山五壮士》

1941年日寇在河北易县"扫荡"。为掩护群众和主力部队撤退，五

位八路军战士毅然把敌人引上了狼牙山棋盘坨峰顶绝路。弹尽粮绝、无路可退，五位英雄纵身跳下了万丈悬崖，用生命和鲜血谱写出一曲惊天地泣鬼神的壮举。

《太行浩气传千古——抗日名将左权》

左权，中国工农红军和八路军高级指挥员，著名军事家。是八路军在抗日战场上牺牲的最高指挥员。名将阵亡，太行山为之垂首，全党为之悲痛。周恩来称他"足以为党之模范"，朱德赞誉他是"中国军事界不可多得的人才"。

《虎将兴关外　抗倭统雄师——抗联英雄赵尚志》

本书描写了久经考验的共产党员、东北抗联的创建者和主要领导人赵尚志，在艰苦卓绝的条件下，坚持抗战，威震敌胆，战功卓著，忍辱负重，忠贞不屈，为国捐躯的英雄故事，为青少年读者呈上一部爱国主义的佳作。

《黄埔之英　民族之雄——抗日名将戴安澜》

抗日名将戴安澜，先后参加保定、漕河、台儿庄、武汉、昆仑关等战役，作战英勇，屡建奇功；入缅作战，"扬威国外，藉伸正义"；守东瓜，复棠吉；殒身缅北，遗恨丛林，马革裹尸，成就了光辉的一生。

108

《爱国志士　民主先锋——新闻出版家邹韬奋》

本书讲述了邹韬奋献身新闻出版事业的奋斗历程，展现了一位新闻工作者坚定的革命信念和炽热的爱国主义精神，全心全意为人民服务、为读者服务的奉献精神，歌颂了他的高尚情操和优良品质。

《为抗战发出怒吼——人民音乐家冼星海》

人民音乐家冼星海，青年时期在巴黎求学，饱尝屈辱与磨难；学成后毅然回到多灾多难的祖国，用满腔热忱谱写激昂的音乐，鼓舞中华儿女的斗志；奔赴延安，谱写出不朽的名作《黄河大合唱》，发出中华民族抗日救亡的怒吼。

《全民皆兵 抗击日寇——抗日战争的故事》

中国人民进行的十四年抗战，是一百多年来中国人民反对外敌入侵第一次取得完全胜利的民族解放战争。这场战争是以国共两党合作为基础，有社会各界、各族人民、各民主党派、抗日团体、社会各阶层爱国人士和海外侨胞广泛参加的全民族抗战。

《捧着一颗心来 不带半根草去——人民教育家陶行知》

陶行知是我国现代教育史上伟大的人民教育家、教育思想家。他从青年起就立志献身教育事业，以"捧着一颗心来，不带半根草去"的赤子之心，为人民的教育事业鞠躬尽瘁。

《为民主与和平拍案而起——民主斗士闻一多》

闻一多早年与梁实秋等人发起成立清华文学社。赴美留学期间由对祖国的深深眷恋而创作著名的《七子之歌》。后在西南联大任教8年，积极投身于抗日运动和争取民主的斗争，发表了著名的《最后一次讲演》。

《铁窗难锁钢铁心——革命先烈王若飞》

王若飞是我党早期杰出的无产阶级革命家。在艰苦卓绝的斗争中，他出生入死，屡建奇功，以超人的睿智和胆略，在敌人的监狱中，同敌人展开了殊死的较量，为抗战的胜利和新中国的诞生做出了卓越的贡献。

《横扫千军 还我河山——抗联名将李兆麟》

李兆麟是东北抗日联军创建人之一，他率领抗日联军历尽千难万险与日本侵略者浴血奋战，在极其艰苦的条件下，保存了抗日联军的有生力量，为东北光复做出了重大贡献。

《锄头开出新天地——解放区大生产运动》

为了解决困难，渡过难关，党中央号召党政军民齐动手，开展大生产运动。中国共产党在其控制区域内发动的一场军队屯田和鼓励生产的群众运动，达到了自己动手丰衣足食，共度难关，既进行革命又进行生产自足的目的。

《生的伟大 死的光荣——女英雄刘胡兰》

刘胡兰，坚贞不屈的少年女英雄。生前对我国劳动人民的解放事业无限忠诚，在敌人威胁面前，大义凛然，毫无惧色，英勇牺牲，表现了共产党员的高贵品质。

《饿死不领美国救济粮——爱国知识分子的楷模朱自清》

朱自清作为爱国知识分子的典型，以锐利的笔锋直言痛斥反动政府的暴行，体现了他崇高的爱国情怀和不畏恶势力的精神品格。毛泽东曾给朱自清先生以高度评价："一身重病，宁可饿死，不领美国的'救济粮'"，"表现了我们民族的英雄气概"。

《为了新中国前进——舍身炸碉堡的董存瑞》

伟大的英雄，中国人民的儿子董存瑞，从儿童团长成长为一名光荣的解放军战士，在1948年解放隆化县城时，舍身炸碉堡，为新中国献出了自己年轻的生命。他的英雄形象永远留在人民心里。

《宁死不屈的共产党员——革命烈士江竹筠》

江竹筠，就是著名的江姐。1947年春，她负责《挺进报》工作，只几个月的时间，报纸就发行到1600多份，引起了敌人的极大恐慌。由于叛徒出卖，江姐不幸被捕，惨遭毒刑的残酷折磨，仍坚贞不屈。最后被特务秘密枪杀，年仅29岁。

《抗美援朝 保家卫国——志愿军的战斗故事》

抗美援朝战争是中国人民志愿军为援助朝鲜人民、保卫祖国安全，与美国为首的"联合国军"发生的战争。在朝鲜牺牲的志愿军烈士们，他们英勇的战斗事迹、保家卫国的精神值得我们发扬光大。

《上甘岭上壮烈歌——黄继光和他的战友们》

在1952年10月的上甘岭战役中，黄继光和他的战友们在零号阵地半山腰被敌机枪火力点压制，此时，黄继光身上已经多处负伤，手雷也已全部用光。为了完成任务，减少战友的伤亡，他用自己的胸膛堵住正在扫射的敌机枪射孔，为反击部队扫清了前进的道路。

《诗书印画　全入神品——国画大师齐白石》

齐白石出身贫寒，做过农活，当过木匠，后改学雕花木工，从民间画工入手，摹古人真迹，学诗文书法，融汇古今，而诗、书、印、画俱佳；他将中国画的精神与时代的精神统一得完美无瑕，使中国画得到国际的重视，无愧于"国画大师"的称号。

《毕生为文化而奋斗——中国第一出版家张元济》

张元济参与、主持和督导商务印书馆近六十年，使其从简单的印刷企业转变为当时中国教育出版的旗帜。张元济一生爱书，在中华大地动荡不安的年代里，他用自己对文化的热爱，续存着中华民族灿烂悠久的文明之光。

《独树一帜　梨园大师——著名京剧表演艺术家梅兰芳》

梅兰芳，京剧大师，演唱风格独树一帜，世称"梅派"。曾先后赴日本、美国、苏联演出，并荣获美国波摩那学院和南加州大学的荣誉文学博士学位。作为一位爱国者，抗战期间蓄须明志，拒绝为日本人演出，为后世称颂。

《华侨旗帜　民族光辉——爱国侨领陈嘉庚》

陈嘉庚是著名的爱国华侨领袖、企业家、教育家、慈善家、社会活动家。他为辛亥革命、民族教育、抗日战争、解放战争、新中国的建设做出了卓越的贡献。生前被毛泽东誉为"华侨旗帜、民族光辉"。

《向雷锋同志学习——伟大的共产主义战士雷锋》

雷锋，一个平凡而伟大的共产主义战士，一心向着党，一生秉承着全心全意为人民服务、无私奉献的崇高思想；发扬刻苦学习和钻研理论的"钉子"精神；坚持勤俭节约、艰苦奋斗的优良作风。毛泽东为其题词："向雷锋同志学习。"

《人民的好公仆——县委书记的好榜样焦裕禄》

焦裕禄，被誉为县委书记的好榜样。他用自己的革命精神，展开了与大自然、与社会落后现象、与病魔的多重抗争，让我们领略到一个共产党人的生之伟大、死之壮美的人格品质和具有现实教育意义的精神魅力。

《文学巨匠　京味大师——人民作家老舍》

老舍是我国现代小说家、文学家、戏剧家。他用融入骨髓的真诚文字反映生活的喜怒哀乐。老舍的一生，总是在忘我地工作，他是文艺界当之无愧的"劳动模范"，生前被北京市人民政府授予"人民艺术家"的称号。

《革命老人——无产阶级教育家徐特立》

徐特立是一代伟人毛泽东的老师。他出生在贫苦家庭，大部分时间生活在动荡艰苦的年代；他刻苦勤奋，不畏艰辛，追求光明，一生勤俭，为革命培养了大量的人才；他对党和人民任劳任怨，鞠躬尽瘁。他坎坷奋斗的一生，留下了许多可歌可泣的故事。

《人生能有几回搏——新中国第一个世界冠军容国团》

容国团先后担任中国乒乓球队运动员、女队主教练。获得1959年男子单打世界冠军；1961年夺得男子团体世界冠军；作为中国女队主教练，1965年率女队第一次夺得女子团体世界冠军。他的"人生能有几回搏"的豪言，举国传诵。

《石油工人一声吼　地球也要抖三抖——铁人王进喜》

王进喜，新中国第一批石油钻探工人。他为祖国石油工业的发展和社会主义建设立下了不朽的功勋，在创造了巨大物质财富的同时，还给我们留下了宝贵的精神财富——铁人精神。他被评为"百年中国十大人物"，写入中华民族的光辉史册。

《做人民需要我做的事——著名地质学家李四光》

李四光是一位伟大的科学家，他一生从事地质学研究工作，足迹遍布祖国的山川，为祖国探明了许多地下宝藏；他创建了崭新的学说——地质力学；他历尽重重困难，为正确认识地质构造开辟了一条新路。

《中国化学工业的先驱——著名化学家侯德榜》

为摆脱纯碱需要进口的窘况，20世纪初，怀着"实业救国"梦想的中国化工先驱侯德榜等人创办了永利碱厂，并立志生产出中国人自己的碱。1926年，永利碱厂终于成功地生产出"红三角"牌纯碱，从此中国制碱业得以跨入世界先进行列。

《毕生求是　一丝不苟——著名科学家竺可桢》

著名科学家竺可桢献身科学研究；治学严谨，一丝不苟；一生廉洁，两袖清风；作风民主，爱护学生。他以爱国之心、报国之志，从一个民主主义者逐渐成长为一个共产主义战士。

《热爱自然的大地之子——著名植物学家蔡希陶》

蔡希陶，五十载风雨，五十载坎坷，五十载奋斗，五十载开拓，为了发现对人类生产、生活有用的植物及新物种的引进而做出巨大贡献，在中国的植物资源学史上将永远镌刻着他的名字。

《高洁无私的襟怀——知识分子的楷模蒋筑英》

蒋筑英是中国当代知识分子的先锋典范，他不为名，不为利，尊重科学；他以坚忍的毅力和顽强的作风，在科学的道路上呕心沥血，鞠躬尽瘁，无私地奉献了青春和生命。

《迎接新生命的天使——卓越的妇产科专家林巧稚》

林巧稚是国内外享有盛誉的妇产科专家。在五十多年的医学教育和临床实践中，林巧稚亲自接生了五万多婴儿，治愈了数千病人，培养了数以百计的专门人才，为我国的妇女儿童事业做出了不可磨灭的贡献。

《独自成千古　悠然寄一丘——国画大师张大千》

张大千是20世纪中国画坛最具传奇色彩的国画大师，无论是绘画、书法、篆刻、诗词无所不通。在艺术界深得敬仰和追捧，艺术家们用真挚的感情，用绘画和雕塑展现了"张大千"多彩的艺术形象。

《建造中国的通天塔——著名数学家华罗庚》

中国当代著名数学家华罗庚，为中国数学的发展做出了无与伦比的贡献，他是中国解析数论、典型群、矩阵几何等多方面研究的创始人与开拓者，也是我国最早将数学理论研究与生产实践紧密结合的科学家。

《问鼎长天　强我国威——两弹元勋邓稼先》

邓稼先是我国著名科学家，参加组织和领导我国核武器的研究、设计工作，从对原子弹、氢弹原理的突破和试验成功及其武器化，到新的核武器的重大原理突破和研制试验，作出了重大贡献。是我国核武器理论研究工作的奠基者之一，被誉为"两弹元勋"。

《敢叫天堑变通途——桥梁专家茅以升》

中国著名的桥梁专家茅以升从小立志为祖国建造桥梁，经过不懈努力，他不仅设计建造了一座座宏伟壮观、坚固实用的道路桥梁，而且搭建了一座座友谊之桥，为祖国建设作出了卓越贡献。

《蘑菇云之梦——核物理学家钱三强》

被誉为"中国原子弹之父"的核物理学家钱三强，更名后立志于科技报国；24岁投师于世界著名核物理学家居里夫妇；与夫人何泽慧合作，发现铀的"三分裂""四分裂"现象；统领我国的原子大军，做了大量创造性工作。

《两离桑梓地　满怀雪域情——领导干部的楷模孔繁森》

孔繁森，是一位一尘不染、两袖清风的好干部。两次进藏工作，历时十载，为西藏的建设、发展和稳定作出了突出的贡献。1994年11月，孔繁森不幸以身殉职。人民群众称他为新时期领导干部的楷模。

《摘取数学皇冠上的明珠——著名数学家陈景润》

陈景润是享誉世界的数学家，为了证明"哥德巴赫猜想"，他以惊人的毅力在数学领域里艰苦跋涉，终于攻克了世界著名数学难题"哥德巴赫猜想"中的"1＋2"，创造了中国乃至世界数学史上的辉煌。

《学术独步 饮誉四海——享有国际威望的科学家卢嘉锡》

卢嘉锡是一位在国际科学界享有崇高威望的物理化学家、化学教育家和科技组织领导者。1945年，卢嘉锡满怀"科学救国"的热忱回到祖国，对中国原子簇化学的发展起了重要推动作用，他所指导的新技术晶体材料科学研究，也取得了重大成绩。

《德艺双馨 梨园楷模——著名豫剧表演艺术家常香玉》

常香玉1941年赴陕甘演出。1948年在西安创办香玉剧社。1951年为支援抗美援朝，率剧社巡回西北、中南、华南各地演出，以演出收入捐献"香玉剧社号"战斗机一架，素有"爱国艺人"之誉。

《文学大师 激流勇进——著名作家巴金》

本书以巴金生平和主要事迹为线索，回顾和展示现代著名作家巴金的一生，以期让人们看到巴金在这风云变幻的100多年中，有过成功的欢欣，有过屈辱的磨难，有过痛苦的忏悔，有过平静的安宁。巴金的人生，映照着一代中国五四知识分子坎坷而不平凡的命运。

《壮心系科学 孜孜为国昌——理论化学家唐敖庆》

本书讲述了唐敖庆从出国求学、学业有成、回国任教，到服从安排、艰苦工作、刻苦钻研，最终成为中国量子化学奠基者的过程。让人们看到了这位著名化学家的赤心爱国、严谨治学、大公无私的崇高品格和科研上的卓越成就。

《中国导弹之父——著名科学家钱学森》

当第一颗原子弹升空的时候，当中国的人造卫星奏响《东方红》的时候，当中国运载火箭腾空而起的时候，当中国研制的导弹准确命中目标的时候，人们都会想起他的名字：中国导弹之父钱学森。

《中国近代力学的奠基人——著名科学家钱伟长》

钱伟长曾以中文和历史两个100分的成绩考入清华大学。九一八事变后，钱伟长毅然放弃了文科的学习而转为理科。他是中国近代力学、应用数学的奠基人之一，在固体力学、流体力学以及航空航天领域，取

得了卓越的成就，为新中国的现代化建设付出了毕生的精力。

《中国光学科学的奠基人——著名科学家王大珩》

王大珩是我国著名的科学家，中国光学科学的奠基人。他先在清华就读，后赴英国求学，学业有成，立志科学救国，其成就享誉神州。他以科学的求是精神和赤诚的爱国情怀，探索着中国光学发展的闪光之路。